NON ASCOLTARE IL MALE

GUARDIANI ALFA - 2

KAYLA GABRIEL

ISCRIVITI ALLA NEWSLETTER

Unisciti alla mailing list per essere informato per primo su nuove uscite, libri gratuiti, premi speciali e altri omaggi dell'autore.

https://kaylagabriel.com/benvenuto/

Non ascoltare il male: Copyright © 2019 di Kayla Gabriel

Tutti i diritti riservati. Nessuna parte di questo libro può essere riprodotta o trasmessa in alcuna forma con nessun mezzo elettronico, digitale o meccanico, incluse, ma non solo, attività quali fotocopie, registrazioni, scanner o qualsiasi altro tipo di raccolta di dati e sistema di reperimento di informazioni senza il permesso esplicito e scritto dell'autore.

Pubblicato da Kayla Gabriel
Non ascoltare il male

Copyright di copertina 2019 di Kayla Gabriel, autrice
Immagini/foto di Depositphotos: fxquadro & VolodymyrBur

Nota dell'editore:
Questo libro è stato scritto per un pubblico adulto. Questo libro potrebbe contenere scene sessuali esplicite. Le attività sessuali incluse nel libro sono pure fantasie per adulti e ogni attività o rischio corso dai personaggi della finzione nella storia non è né approvato né incoraggiato dall'autore o dall'editore.

PROLOGO

I cancelli di Guinee

Una voce dall'Enciclopedia della Magia di Whithiel,
Volume IV

I cancelli di Guinee

I Cancelli di Guinee rappresentano l'accesso alla stazione spirituale posta a metà strada tra questo mondo e il prossimo. Da sempre avvolti nel mistero, di essi si sa solo che si trovano a New Orleans, Louisiana, con ogni probabilità in alcuni dei bellissimi cimiteri della città. Si tramanda che i Cancelli di Guinee siano presidiati dal Vodou Loa Baron Samedi, le cui indicazioni per accedere ai Cancelli sono immortalate in una vecchia filastrocca:

Sette notti
Sette lunedì
Sette porte
Sette tombe

Si dice che, per poter viaggiare tra il reame della carne e il reame dello spirito, i veri devoti non debbano far altro che trovare l'ordine giusto e recitare la filastrocca nel modo più appropriato.

1

Cassandra Chase era in piedi di fronte allo specchio a figura intera del suo sontuoso armadio a muro, girandosi di qua e di là per ammirare la meravigliosa gonna Rosie Assoulin che le avevano appena consegnato. La gonna era del color zaffiro più vivo che si possa immaginare, avvinghiata alla vita di Cassie ricadeva come un soffice tendaggio che le arrivava fino ai piedi. L'aveva abbinata con una camicetta di seta smanicata, aveva raccolto i suoi capelli color fuoco, e aveva completato il look con un paio di orecchini di diamante a goccia. Un tocco di fard sulle guance le faceva risaltare le linee raffinate del suo viso a forma di cuore, e un po' di mascara enfatizzava le sue lunghe ciglia, e un rossetto arancio-rosso accentuava le sue labbra piene e drammatiche.

Cassie si girò di lato per controllarsi un'ultima volta. Era alta e formosa, il seno e i fianchi erano più larghi di quanto non avrebbero dovuto. Però, se c'era una cosa per cui Cassie andava pazza erano i vestiti d'alta moda, e si era innamorata di quei vestiti a prima vista e li aveva comprati senza pensarci due volte, modificandoli poi per adattarsi alle sue forme peccaminose.

Tutti hanno bisogno di un hobby; le donne che raramente lasciano i confini della loro casa, ne hanno bisogno più di chiunque altro.

Soddisfatta di come si era messa in tiro, Cassie fece una giravolta e ritornò in salotto. Nella stanza c'era un meraviglioso tavolo intarsiato di Anthropologie, una meravigliosa libreria West Elm e un angolo personalizzato per il cucito. Insieme alla stanza da letto decadente e al bagno e all'enorme armadio a muro, queste stanze erano tutto il suo mondo.

La sua bellissima, rifinita e soffocante gabbia.

Cassie prese il tablet e mise su un nuovo disco che le piaceva, la cantante era un'altra rossa di nome Florence Welch. Passò diversi minuti a canticchiare e a mettere a posto l'angolo per il cucito. Vivendo in uno spazio così limitato, Cassie era totalmente incapace di sopportare qualsiasi tipo di disordine. Semplicemente, non c'era modo di fuggire da quelle stanze, e così si sforzava di tenerle il più pulite possibili.

Certo era d'aiuto che i suoi prigionieri le permettessero di comprare tutto quello che voleva. Se Cassie vedeva qualcosa online che pensava potesse piacerle, non doveva fare altro che chiedere. Fino a quando non si trattava di un oggetto che avrebbe potuto utilizzare per scappare dall'enorme villa in cui viveva prigioniera assieme a una dozzina di altre utili streghe, poteva avere tutto quello che il suo cuore desiderava.

Cassie viveva nella Gabbia – era così i residenti della villa la chiamavano – ormai da quattro anni. Dopo il primo anno, aveva abbandonato ogni pensiero di fuga. Pere Mal la teneva vicino a lui e magari una volta a settimana le chiedeva di utilizzare i suoi poteri, ma, altrimenti, Cassie aveva ottenuto una certa libertà. Qualche volta Pere Mal la faceva persino uscire dalla Gabbia, le portava nel quartiere francese, nei club dei Kith, per incontrare delle persone importanti.

Cassie balzò, quando sentì il soffice bussare che proveniva dalla sua camera da letto. Si morse le labbra e corse alla porta per spostare il pesante armadio dal muro. Nel muro dietro l'armadio c'era un buco dai bordi smussati, largo più o meno 30 centimetri quadrati.

Accovacciata vicino al buco, lo sguardo selvaggio nei suoi occhi blu marino, c'era Alice. L'unica amica e confidente di Cassie, anche lei prigioniera nella Gabbia. Passerotti, si definivano loro.

"Devi fare più piano," la ammonì Cassie.

Alice inarcò un sopracciglio e attraversò il piccolo tunnel che avevano scavato tra le loro camere da letto, ripulendosi le due lunghe trecce a spina di pesce che le tenevano fermi i suoi lunghi capelli corvini. Alice indossava un semplice vestito nero che era una meraviglia, con bottoni in madreperla e un colletto bianco, senza ombra di dubbio costoso tanto quanto quello indossato da Cassie. Cassie pensò che dovesse trattarsi di un vestito di Rag and Bone.

"Non ci scopriranno," disse Alice facendo spallucce.

Cassie strinse le labbra fissando Alice per un momento. Con i suoi ventisei anni, Cassie era di soli due anni più grande di Alice, ma Alice aveva spesso le qualità snervanti e spensierate delle ragazzine. Cassie sospettava che gli accessi di gioventù di Alice fossero il prodotto di un qualche tocco di follia, un luogo dove Alice andava a ritirarsi quando il mondo attorno a lei si faceva troppo spaventoso, troppo soverchiante.

O forse era tutto per fare scena, e Alice nascondeva il suo vero io così come facevano in fondo tutti quanti. Erano passati tre mesi da quanto Alice aveva scavato un buchetto nel muro e aveva cominciato a passare dei bigliettini a Cassie, ma Cassie non era ancora sicura di aver compreso quella ragazza.

"Alice, questo non lo sai," disse Cassie provando a non far trapelare la sua impazienza.

"A dire il vero, sì, lo so," disse Alice inclinando la testa da un lato. "Anzi sono venuta a dirtelo. Finalmente, ho trovato un modo per metter su un segnale d'allarme. Come sparare un razzo, ma con l'energia psichica."

Alice sollevò la mano e sparò con il dito sopra la propria testa, facendo incuriosire Cassie.

"Pensavo non potessi rimuovere i blocchi della Gabbia."

"Se mi ci metto, posso fare qualunque cosa, Cassandra." Alice chiamava sempre tutti con il loro nome completo. "Tu dovresti saperlo più di tutti."

Ovviamente, aveva del tutto ragione. Alice aveva scavato la maggior parte del tunnel che univa le loro stanze nel giro di una notte, usando solo un cucchiaio di metallo che aveva sgraffignato da uno dei vassoi col cibo mandati dalla cucina. Alice era tanto determinata quanto temeraria, una combinazione notevole e qualche volta spaventosa.

"Vero, vero. Quindi pensi che puoi farci salvare?" chiese Cassie.

"Di certo ti sto dicendo di cominciare a fare i bagagli. Se mando un segnale, Pere Mal sarà costretto a sgomberare la Gabbia, spostarci da qualche altra parte. Una volta fuori, nascondiamo le nostre cose e creo un diversivo. Dopo di che…" Alice sollevò un sopracciglio. "Fuggire sarà facile."

Cassie ci pensò per un secondo.

"Dove andremo?" chiese vergognandosi di sé stessa. L'idea di tanta libertà tutta insieme la spaventò. Al di là di Alice, Cassie non aveva nessun altro, a meno che uno non voglia contare i genitori tossici da cui era fuggita quando aveva sedici anni. La sua merdosa vita familiare era stato il primo di una lunga serie di storture e malasorte che l'aveva fatta rotolare come una palla di neve lungo il pendio che portava dritto dritto nella Gabbia.

Almeno non ti trovi in uno di quei bordelli nel Gray Market, si diceva sempre. *Senza i tuoi poteri, è lì che saresti, senza dubbio.*

"Dove vogliamo," disse Alice mordendosi il labbro pensosa. "Possiamo fare quello che ci pare."

"E quando invierai il segnale?" chiese Cassie.

"Oh..." Alice guardò Cassie sgranando gli occhi. "Dieci minuti fa. Prendere o lasciare."

"Alice!" Cassie afferrò Alice per le spalle e la spinse con forza contro il muro. "Torna in camera tua. Se vedono il tunnel, capiranno che sei stata tu a inviare il segnale."

Alice sospirò.

"Cassandra, tesoro mio. Probabilmente già lo sanno. Ecco perché dobbiamo scappare."

Cassie le lanciò un'occhiataccia e la spinse dentro il tunnel.

"Ci vediamo vicino alla fontana con la sirena sul lato della casa," sussurrò Cassie. "Quando vengono a dirti di fare le valigie, prova a non fargli capire che te lo aspettavi, ok?"

Alice scomparve senza dire un'altra parola e Cassie rimise l'armadio contro il muro. Per dei lunghissimi secondi si appoggiò contro l'armadio, come paralizzata, fissando ai mobili che aveva scelto con tanto amore. Era la sua gabbia dorata, piena di cose soffici e graziose che Cassie amava.

Si rimise in piedi e corse verso il suo armadio a muro cominciando a tirar giù tutte le cose che non avrebbe sopportato di lasciare lì. Nel giro di pochi minuti il mucchio si era fatto bello alto, e allora fu costretto a fare un'ulteriore cernita.

Quando le guardie bussarono alla sua porta, Cassie aveva finito di fare le sue scelte.

"Avanti!" gridò entrando nel salotto.

"Andiamo a fare un giro," le disse una guardia scorbutica vestita di nero. Spinse un paio di valigie nella stanza. "Pronta in dieci minuti."

Cassie annuì, il cuore le batteva a mille. La guardia si chiuse la porta alle spalle sbattendola e Cassie sentì un brivido correrle lungo la schiena. Si guardò intorno per un momento, sperando di poter avere qualche souvenir da portarsi dietro. Le dita le corsero istintivamente alla collana, un medaglione d'argento con una catena lunga abbastanza per nascondere il pendente sotto tutti i suoi vestiti. Era l'unica cosa di famiglia che aveva conservato, l'ultimo regalo della sua adorata nonna, morta quando Cassie aveva dodici anni.

Trascinò le valigie fino all'armadio e le riempì nel giro di pochi minuti. Dopo aver sistemato i vestiti, Cassie cominciò a scavare sul fondo dell'armadio e tirò fuori diverse mazzette di banconote che aveva messo da parte nel corso degli anni, vendendo gli oggetti che richiedeva invece di barattarli come facevano tutte.

Dopo aver diviso le mazzette e averle arrotolate dentro le magliette, mise un po' di denaro in ognuna delle valigie, per timore che ne perdesse una. Poi riportò le valigie vicino alla porta e aspettò. Si infilò un paio di lunghi guanti di Burberry in pelle e sospirò provando a calmarsi. La sua mente era nel caso, le tremavano le mani, la sua lingua era asciutta come il deserto.

L'idea di fuggire dalla Gabbia era così eccitata, eppure...

La porta si spalancò di nuovo, prima che Cassie avesse il tempo di completare questo pensiero.

"Andiamo," disse la guardia facendole cenno di uscire.

Cassie raddrizzò la schiena, fece un respiro profondo e afferrò le valigie uscendo dalla porta della sua camera da letto senza nemmeno guardarsi indietro. Non voleva far trapelare la sua trepidazione.

A ogni passo, Cassie sapeva che si stava dirigendo verso una nuova vita. Forse un nuovo inizio era esattamente quello che ci voleva per liberare il cuore ingabbiato di Cassandra.

2

Gabriel Thorne sfilò la sua lunga spada e le sue labbra si mossero silenziose per evocare un incantesimo atto a migliorare la sua vista, mentre si aggirava furtivo lungo le profondità di un vicolo nero come la pece nel famoso quartiere francese di New Orleans. Stava inseguendo un demone Drekros dall'aspetto nauseante. La creatura sinistramente pallida e scuoiata strisciava su gambe ingannevolmente lunghe, e il suo collo longilineo sosteneva una testa crudele fatta per lo più di denti gialli affilati come rasoi. La saliva gli colava dalla bocca spalancata.

Mentre Gabriel pedinava il Drekros, questi stava a sua volta seguendo un paio di ragazze del college ridanciane che arrancavano lungo il vicolo oscuro, senza ombra di dubbio per provare a prendere il tram per tornare a Tulane. Il Drekros si fermò e sollevò la sua testa deforme come per assaporare la brezza leggera. Gabriel non riuscì a vedere nessun naso sulla faccia del Drekros, ma questo non voleva dire che la creatura non potesse sentire il suo odore.

La creatura si girò verso Gabriel ed emise un gemito

acuto, sputando dappertutto un acido che bruciava tutto quello che toccava.

"Oh, ti ho rovinato la cena?" chiese Gabriel con un sorriso.

La creatura gemette di nuovo e lo fissò, come se non capisse. Forse l'accento inglese di Gabriel l'aveva confuso. Forse quella cosa non parlava proprio inglese. Gabriel non lo sapeva e né gli importava, voleva solo far fuori la creatura e proseguire con la sua ultima ora di pattuglia.

Presto la città sarebbe stata rischiarata dall'alba, e Gabriel sarebbe potuto tornare alla Villa e cercare il proprio letto, possibilmente dopo una veloce fermata a un club dei Kith alla ricerca di una compagna di letto paranormale. In questi giorni lo stuzzicavano in modo particolare le succubi, almeno finché promettevano di fare le brave.

"Vieni, su," disse Gabriel muovendo la spada in direzione della creatura.

La creatura si lanciò su Gabriel con un latrato. Voleva ucciderlo. Gabriel sorrise al Drekros in modo spavaldo e lo tagliò a metà. Il demone gorgogliò prendendo fuoco e il suo corpo svanì con una fiammata di zolfo e cenere.

"Goditi il ritorno all'inferno. Dì al tuo creatore che lo saluto," disse Gabriel nonostante la creatura fosse già sparita. Tirò fuori un panno e pulì la lama della spada prima di rinfoderarla. Gettò il panno in un bidone dell'immondizia e si diresse verso la cattedrale di San Luigi.

A pochi passi dal terreno consacrato della cattedrale c'era lo Spitfire Coffee, il modo preferito di Gabriel per porre termine a una lunga nottata di pattuglia. Il posto restava aperto fino a tardi e faceva il miglior espresso che lui avesse mai bevuto.

Non che la Londra del diciannovesimo secolo fosse esattamente famosa per il suo espresso. Quando ci viveva lui, in giro si torrefacevano solo chicchi di caffè amarissimi, niente a che vedere con il caffè ricco, fruttato e al sapore di nocciola che Gabriel tanto amava nella New Orleans di questo secolo.

Uscire dallo Spitfire con un caffè macchiato tradizionale – due tazzine di espresso con latte scremato – rappresentava per Gabriel il modo perfetto per finire una serata. Bevve il suo caffè, mentre si incamminava verso la Villa, sempre restando vigile. L'ultima ora di buio era di solito piena di problemi, con i Kith che davano la caccia agli umani o si facevano la guerra tra di loro.

Mentre Gabriel si dirigeva verso l'altro capo del quartiere francese passeggiando per Frenchmen St., la sua mente vagabondava. Adocchiò diversi club dei Kith, ma nessuno di loro riuscì ad attrarlo. E quindi forse sarebbe restato a secco per un altro po', d'altronde erano già passate tre settimane.

Rhys Macaulay aveva rovinato tutto. Rhys, un altro Guardiano che aveva il compito di proteggere la città – e per Gabriel la cosa più vicino a un amico – si era imbattuto nella sua compagna che non era nemmeno un mese. Gli orsi mutaforma come lui riconoscevano le proprie compagne a colpo d'occhio e, una volta che avevano trovato la loro compagna predestinata e si erano sistemati, l'orso non ne avrebbe mai presa un'altra.

Per qualche ragione, la felicità esultante di Rhys aveva reso Gabriel estremamente infelice. Lo sapevano gli dèi che se c'era qualcuno che aveva bisogno di una dea nella propria vita, quello era proprio il nobile e leale Rhys. Ma questo non aveva impedito ai peli del collo di Gabriel di rizzarsi ogni qual volta sorprendeva Rhys ed Echo che si davano da fare in giro per la Villa come due studentelli.

In tutta onestà, Gabriel non sapeva se fosse invidia, disgusto, paura, o una combinazione delle tre, ma lo stesso era riuscita a fargli passare la voglia di avventure sessuali.

"Solo io e il mio caffè," meditò ad alta voce finendo l'ultima goccia della sua amata miscela e gettando la tazza di carta in un bidone dell'immondizia.

Il cellulare vibrò da qualche parte nel suo gilè tattico e lui lo afferrò con un sorriso scettico. Un cellulare che suonava voleva dire che c'era una richiesta di soccorso da qualche parte nella città. Le richieste di soccorso volevano dire che i Guardiani dovevano recarsi sulla scena. In quanto Guardiano di pattuglia, con ogni probabilità Gabriel avrebbe dovuto fare dietrofront e ritornare nel quartiere francese. Forse c'erano due lupi mannari che si stavano azzuffando, oppure un qualche Kith deboluccio era minacciato da demoni della peggior specie.

"Pronto?" disse Gabriel.

"Non crederai mai a cosa ho in serbo per te stanotte." Echo, la nuova compagna di Rhys, adesso lavorava come una sorta di centralinista per la polizia paranormale e non mancava mai di aggiungere un tocco di leggerezza quando chiamava Gabriel per mandarlo in missione.

"Io avrei detto lupi mannari ubriachi," disse Gabriel fermandosi all'incrocio tra Frenchmen e Dauphine.

"A dire il vero ho sentito dire che ha a che fare con delle sventole," disse Echo, la voce divertita. "Un branco di streghe intrappolate in uno dei nascondigli di Pere Mal hanno un bisogno disperato di essere salvate. Il tuo pezzo forte, in pratica."

"Indirizzo?" chiese Gabriel. Echo gli diede un indirizzo che si trovava a sei isolati a nordest, nel quartiere Saint Roch. Gabriel riuscì a figurarsi mentalmente l'incrocio: un quartiere di case vecchie e nuove pesantemente imborghesite. "Devo sapere nient'altro?"

"Una delle streghe ha mandato una richiesta di soccorso, e ha menzionato il nome di Pere Mal. Se fossi in te mi sbrigherei, prima che riescano a zittirla. Per sempre," disse Echo.

"Vado subito. Manda rinforzi, giusto per essere sicuri."

"Fatto," disse Echo. Riagganciò prima che potesse farlo Gabriel. Gabriel si rimise il cellulare in tasca e cominciò a correre verso l'indirizzo che gli era stato dato.

Quando raggiunse la zona, non c'era alcun dubbio quale fosse la casa verso cui doveva dirigersi. Un cottage diroccato di colore bianco brulicava di attività al centro di un quartiere altrimenti silenzioso, attirando Gabriel come un magnete. L'indizio più grande era lo squadrone di tizi massicci vestiti con completi scuri, un particolare che caratterizzava tutte le operazioni di Pere Mal. Quel tizio poteva anche essere un assassino a sangue freddo e un pazzo che progettava di lacerare il tessuto dell'universo per provare a conquistare il potere, ma sapeva come far vestire quelli della sua gang.

Quattro enormi SUV erano parcheggiati nella strada davanti la casa, e un gruppetto di scagnozzi di Pere Mal stavano facendo marciare delle donne ammanettate dall'aria disorientata. Facendo un rapido calcolo, Gabriel pensò che ci fossero almeno una dozzina di streghe ammassate dentro ai SUV.

Gabriel estrasse la spada e si avvicinò, pensando velocemente a quanti scagnozzi di Pere Mal potesse abbattere in una volta senza far del male alle prigioniere. Decise di tramortire quanti più scagnozzi possibili, pensando che, una volta liberate, le donne non ci avrebbero pensato due volte a darsela a gambe.

La prima cosa a sorprenderlo fu che riuscì ad addentrarsi di parecchio all'interno della proprietà prima che uno dei cattivi lo notasse. Gabriel era alto quasi un metro e novanta, bello da morire, e la magia gli sprizzava da tutti i pori. Il fatto che la sua presenza passò inosservata fu una controprova della baruffa che lo circondava. Dozzine di corpi si muovevano in ogni direzione possibile, gli uomini caricavano i bagagli sui SUV, alcune delle donne prigioniere piangevano mentre venivano trascinate verso le macchine.

"Ehi!" gridò qualcuno.

Gabriel vide uno degli scagnozzi di Pere Mal spingere a terra una bionda alta e sinuosa e poi tirare fuori un'arma da fuoco. Gabriel tirò fuori una piccola fiala con la pozione stordente di Mere Marie e la scagliò addosso al tizio facendolo cadere come un sacco di patate.

Per sfortuna, la bionda scelse proprio quel momento per lanciare un assordante grido di allarme e nel giro di pochi secondi Gabriel si ritrovò a doversi difendere dall'assalto di una mezza dozzina di uomini. Se poteva evitarlo, non voleva ucciderli né menomarli, e così ne atterrò alcuni con dei colpi alla testa o alle gambe. Uccidere i demoni andava più che bene ma, a meno che non fosse costretto, non uccideva i Kith o gli umani.

Gabriel si girò e vide due uomini che strattonavano una rossa verso l'ultimo SUV. Un altro uomo li seguiva trascinando due grosse valigie. La donna alzò la testa, i suoi soffici occhi grigi incrociarono lo sguardo di Gabriel. C'era qualcosa...

Per un momento, il mondo scomparve. L'orso di Gabriel di solito era riservato, silenzioso, messo in secondo piano dal suo lato umano. Adesso, però, il suo orso si era svegliato, una sensazione distinta di fame e possessione riverberarono attraverso l'essere di Gabriel.

Compagna. Quel pensiero gli risuonò nel cuore anche mentre dalle sue labbra usciva un suono di diniego. Questa donna, questa sconosciuta, adesso era la sua unica priorità. Gli occhi di lei erano su di lui, lo imploravano di aiutarla.

In un batter d'occhio, in modo totale, Gabriel perse il controllo. Il suo orso ricacciò Gabriel nel profondo. Aveva bisogno della ragazza. Non voleva che quegli uomini la toccassero.

Si doveva obbedire all'orso.

Un ruggito furioso fuoriuscì dalla gola di Gabriel, mentre

gettava a terra la bacchetta e la pistola, lasciandosi cadere in avanti mentre il suo corpo si increspava e mutava di forma. Non appena si fu trasformato, scattò contro gli uomini e la donna.

Il tizio con le valigie guardò Gabriel e scappò via, lasciandosi i bagagli alle spalle senza pensarci due volte. Gli altri due uomini si guardarono l'un l'altro: uno tirò fuori la pistola, l'altro trascinò la donna verso il veicolo che li aspettava.

Gabriel atterrò il primo senza problemi, schiacciandolo al suolo con un unico colpo. L'altro uomo lanciò un'occhiata di terrore e deglutì spingendo la donna verso la forma bestiale di Gabriel.

Gabriel afferrò la donna e si girò per farle scudo con il proprio corpo. Il suo cervello animale faticava a pensare alla prossima mossa, per un istante dando a Gabriel l'opportunità di risollevarsi e di decidere il da farsi. Il suo primo pensiero fu di mettere la donna al sicuro dal caos che la circondava, e poi agire di conseguenza.

Sollevandosi sulle zampe posteriori, Gabriel ruggì e spinse la donna di lato, lontano dalle macchine e verso la casa vicina. Lei lo guardò, chiaramente terrorizzata, e corse via.

"Gabriel!"

Da lontano udì il pesante accento danese di Aeric, ma Gabriel era ancora dominato dal suo orso e del tutto incapace di allontanarsi dalla sua compagna. Si mise a quattro zampe e cominciò a inseguirla. La ragazza era veloce, ma nel giro di pochi metri Gabriel riuscì a intrappolarla sotto il porticato della casa vicina.

La donna dai capelli rossi si girò e guardo Gabriel stringendosi con le braccia. L'orso dentro di lui lo costrinse a fare un passo avanti, poi un altro ancora. Prima di accorgersene, era tanto vicino da schiacciarla. Gabriel gli imprecò contro, ma era al di là del proprio controllo.

Inclinò la testa e si sporse in avanti, inalando a fondo il profumo della sua compagna. Profumava di vaniglia e cannella, una combinazione allettante.

"Ti prego," sussurrò la donna. Aveva gli occhi grandi e argentei e il suo viso era a forma di cuore. "Ti prego, non farmi del male."

Gabriel lottò contro il suo orso. Sopprimendo la sua rabbia e facendo un breve passo indietro per darle un po' di spazio, riprese la sua forma umana.

Negli occhi della donna ci fu un bagliore di riconoscimento, un momento di shock e comprensione, e poi ruotò gli occhi verso l'interno della testa. Collassò senza emettere un suono e Gabriel fu abile nell'afferrare il suo corpo grazioso, prima che cadesse sui duri gradini di cemento.

"Porca miseria, Gabriel."

Gabriel udì l'inconfondibile erre arrotondata degli scozzesi. Si girò e vide che Rhys e Aeric erano in piedi dietro di lui, le spade sguainate ma abbassate. I suoi compagni Guardiani, uno dai capelli scuri e uno dai capelli chiari, torreggiavano su un uomo inginocchiato in mezzo a loro. Gabriel capì che quella era l'unica guardia abbastanza sfortunata da essere uscita da quell'incidente senza nemmeno un graffio e che sarebbe stata tenuta prigioniera e interrogata. Dietro di loro, il giardino era cosparso da una dozzina di corpi inconsci e da uno stormo di valigie.

"I SUV dove sono?" chiese Gabriel confuso.

"Andati," disse Aeric sventolando una mano. "Sono scappati non appena hanno visto che un Grizzly li inseguiva."

"Ah," disse Gabriel afferrando meglio la donna che stringeva tra le braccia.

"È stata lei a farti trasformare?" chiese Rhys guardando la donna svenuta.

Gabriel guardò Rhys; poi annuì.

"È successo anche a te, quindi," meditò Rhys. Si guardò

intorno, pensieroso. "Suppongo che dovremmo andarcene via di qui prima che arrivino le autorità degli umani, eh?"

"Alcune delle valigie… sono sue," disse Gabriel, sentendosi sempre più imbarazzato. "Quelle proprio in mezzo al giardino, penso."

Rhys inarcò un sopracciglio, le sue labbra si contorsero in un modo che faceva venire voglia a Gabriel di commettere un omicidio. "Suppongo che dovremmo spostare le macchine a prendere tutto quello che c'è, casomai prendiamo quelle sbagliate. Le donne sono particolari, sai? Non vorrai cominciare con il piede sbagliato."

"Prendi quella cavolo di macchina e basta," disse Gabriel sollevando la donna. "Non mi piace restare esposto così. Pere Mal potrebbe inviare degli altri uomini a cercarci."

"A cercare lei, più che altro," borbottò Aeric mentre si allontanava.

Gabriel arrancò dietro Aeric, ansioso di ritornare alla Villa. Non era sicuro di cosa volesse dire l'altro Guardiano, ma aveva la sensazione che, una volta scoperto, non gli sarebbe piaciuto.

3

Cassie aprì gli occhi e si ritrovò distesa su un morbido divano di pelle, le mani adagiate sullo stomaco. Era una stanza enorme e ben illuminata; la piena luce del sole significava che era rimasta svenuta per ben di più di una manciata di minuti. Strizzò gli occhi che le facevano male e provò a ricordare con esattezza cosa fosse successo.

I ricordi arrivarono a ondate. Le guardie che la tirano fuori dalla Gabbia. Un feroce orso mutaforma che appare, sebbene lei non sapesse da dove fosse sbucato fuori. Lei che scappa, lei che lo implora di risparmiarla. E mirate mirate, l'orso che si trasforma in *lui*.

L'uomo dei suoi sogni, l'uomo che continuava ad apparire nelle sue visioni... tranne che non se lo aspettava proprio oggi. E, nei suoi sogni, non era esattamente così... beh, *sexy*.

Sebbene Cassie fosse abbastanza alta per essere una donna, il suo uomo dei sogni l'aveva fatta sentire una nana. Era veramente alto, bruno e bellissimo. I suoi folti capelli color cioccolato, lunghi poco sopra le spalle, erano rischiarati da colpi di sole dorati. La barba lunga di un giorno gli contornava il viso e ne accentuava la bellezza. La sua mascella e i suoi zigomi erano alti e appuntiti, le sue sopracciglia scure e pesanti, gli occhi del blu notte più scuro che si potesse immaginare. Aveva la stazza di un giocatore di football con la faccia e i muscoli tonici di un modello di intimo di Armani.

Sapeva tutto di lui, lo aveva sognato così tante volte. Se ne vergognava, ma aveva fatto altro oltre che sognarlo e basta. Sola e isolata dentro la Gabbia, il suo salvatore aveva rappresentato per lei la sua unica fantasia.

"È sveglia. Sei sveglia." Una donna entrò nel campo visivo di Cassie e Cassie si girò per accoglierla.

Era una bellissima donna di mezz'età, vestita con un caffettano bianco e un copricapo dello stesso colore. La sua pelle era del colore soffice del caffè alla crema che predominava nei discendenti creoli, e il suo pesante accento di New Orleans confermava le sue origini. Al momento, la donna stava guardando Cassie con uno sguardo scettico.

"Sono sveglia," disse Cassie mettendosi a sedere.

Altre quattro persone sedevano al grande tavolo di quercia al di là della stanza, tre uomini e una donna. I tre uomini non potevano essere più diversi l'uno dall'altro, sebbene avessero tutti e tre qualcosa di familiare. Cassie non conosceva la donna: una bionda carina e formosa con un'espressione sconcertata in viso.

Non appena Cassie vide *lui*, il suo uomo del mistero, cominciò a rilassarsi.

"Sto parlando con te," disse la donna creola schioccando le dita davanti alla faccia di Cassie.

"Uh…" disse Cassie guardandola. "Va bene."

"Io mi chiamo Mere Marie," disse la donna, il tono impaziente. "Adesso ti trovi nella nostra Villa, protetta dai Guardiani Alfa."

Adesso parecchie cose andarono al loro posto. Il fatto che il suo uomo del sogno portasse una spada, la familiarità che aveva con i suoi compagni. Aveva tutto senso, come se le guardie di Pere Mal avessero un muro pieno di foto ed informazioni sui Guardiani, con l'unica intenzione di poterli riconoscere a prima vista.

"Cassie. Voglio dire, Cassandra. Chase," disse Cassie provando a rimettere in ordine i propri pensieri.

Mere Marie le afferrò la mano e la strinse con forza. La scissione di energia che passò tra di loro fece sussultare Cassie. L'altra donna sgranò gli occhi e fissò Cassie per un lungo istante.

"Un oracolo," disse Mere Maria lasciando andare la mano di Cassie. "Non c'è da sorprendersi che Pere Mal ti tenesse sottochiave come un tesoro."

La bella bionda fece per aprire bocca e attirò l'attenzione di Cassandra.

"Hai detto che ti chiami Cassandra?"

"Quello è il mio nome," disse Cassie annuendo e guardandosi attorno. La stanza era simile a un loft, e conteneva un'area per consumare i pasti, una dove rilassarsi, una dove lavorare e una bella cucina di acciaio inossidabile. Nell'angolo all'altro lato della stanza c'era un altro uomo ancora, con indosso uno smoking con le frange e un'espressione di disapprovazione.

"Io mi chiamo Echo," disse la donna alzandosi e avvicinandosi a Cassie per guardarla meglio. Indicò l'uomo dai capelli biondi, l'uomo con la barba rossastra e poi l'uomo del mistero di Cassie: "Loro sono Aeric, Rhys e Gabriel."

Gabriel, disse Cassie senza emettere alcun suono. Il suo sguardo si incrociò ancora una volta con quello di Gabriel, e il bisogno che sentiva di stargli vicino si intensificò.

"Dev'essere lei la Seconda Luce," disse Echo a Mere Marie.

Cassie ritornò a guardare Echo.

"Che cosa ne sai?" chiese Cassie, sorpresa. Cassie non aveva mai sentito parlare delle Tre Luci, se non nelle sue visioni, e quindi sentire quelle parole venire pronunciate ad alta voce la sorprese. Il tono casuale della donna fece pensare a Cassie che le Tre Luci fosse un comune argomento di conservazione tra i Guardiani.

La bionda fece spallucce e arrossì un po'.

"Non molto, tranne che io sono la Prima Luce. Oh, e che mia madre e mia zia erano quelle che ci hanno ficcate in questa situazione, penso."

"Per quanto tempo sei stata prigioniera di Pere Mal?" si intromise Mere Marie, i suoi occhi color ruggine concentrati su Cassie.

"Quattro anni, credo," disse Cassie.

"Sollecita spesso delle visioni?" chiese Mere Marie.

"Sì," disse Cassie. "A volte più di una volta alla settimana. E, per essere chiari, le visioni sono dell'Oracolo, non mie."

"Non sono sicura di capire."

"L'Oracolo si impossessa di me, io sono solo la messaggera. È lei ad avere le visioni, io penso solo a... non loro, a fornire una manifestazione fisica. Vive nel mondo degli spiriti, e mi usa per accedere al reame umano," spiegò Cassie.

"E quindi, in teoria, tu potresti rifiutarti di manifestare una visione?" disse Echo. "Se lo volessi, potresti rifiutarti di aprire la bocca, o cose del genere?"

Cassie torse le labbra pensandoci su.

"Forse. L'Oracolo può sopraffarmi, se lo vuole. Ma se mi succede qualcosa, dovrebbe trovarsi un altro tramite, cosa non facile. Credetemi, ho lottato eccome quando è apparsa la prima volta. Ora, trovo più facile acconsentire e basta. È raro che mi venga chiesta una profezia davvero importante."

Le labbra di Mere Marie si fecero sottili e Cassie si chiese se magari la donna sapesse che spesso era necessario compiere un sacrificio per invocare delle visioni attraverso un Oracolo; e che la grandezza e il valore dell'offerta erano direttamente correlate all'importanza della visione che si richiedeva.

O forse Mere Marie sapeva che ogni invocazione era stenuante per il tramite, e a volte era pericoloso anche per l'Oracolo stesso. L'abilità di un Oracolo di proiettare una visione invocata proveniva dall'interno, e troppo lavoro avrebbe potuto spegnere un veggente, come rimuovere lo stoppino avrebbe smorzato una candela.

"Viene da chiedersi come tu determini se qualcosa è *importante*," disse Mere Marie.

Mere Marie guardò Cassie per un altro momento, prima di girarsi e di portarsi le dita alle labbra per emettere un fischio acuto che fece saltare tutti quelli nella stanza. L'anziana donna si girò verso Cassia con un cipiglio.

"Un altro test, e poi potrai andare dal tuo compagno," disse Mere Marie.

Cassie indietreggiò di fronte alla parola *compagno*. Il suo sguardò schizzò verso Gabriel ancora una volta, e poi i suoi occhi si spalancarono mentre finalmente capiva. Il magnetismo, quella strana attrazione, la curiosità insaziabile... *volevano dire qualcosa*. E, ovviamente, aveva visto con i suoi occhi che Gabriel era un orso mutaforma, e quindi era possibile. Era solo... inaspettato.

Cassie aprì la bocca, una dozzina di domande sulla punta della lingua, ma poi notò una pelosa figura nera entrare nella stanza. L'attenzione di Mere Marie era fissa sul glorioso gatto snello che gironzolava per il salotto e trottava verso di loro. Si fermò davanti ai piedi di Mere Marie, guardandola con qualcosa di vicino a uno sguardo interrogativo.

Poi, si mise a parlare e a Cassie venne quasi un colpo.

"Ha chiamato?" chiese, la voce mascolina e melodica.

Cassie capì che il fischio di Mere Marie aveva chiamato la creatura, che di certo non era un semplice gatto.

"Cairn, te la sei presa comoda. Controlla questa ragazza, assicurati che non la possano rintracciare," disse Mere Marie al gatto.

Il gatto sbuffò con alterigia, balzò sul divano e salì sulle ginocchia di Cassie. Cassie resistette alla voglia di accarezzare il pelo del felino che sembrava morbidissimo. Cairn le si strusciò contro le braccia e il petto. Scese dal divano e le leccò le gambe, e tutto il mondo avrebbe pensato che fosse un semplice gatto che marchiava il proprio territorio.

Cairn la guardò con occhi gialli e luminosi come monete dorate, studiandola per dei lunghi secondi. Cassie fece di tutto per non contorcersi lì dov'era seduta mentre la creatura la scrutinava. Qualunque cosa avesse visto, Cairn doveva averla trovata soddisfacente, perché si girò verso la sua padrona e disse: "È pulita." Fece le fusa e arricciò la coda.

Cassie sollevò un sopracciglio verso Mere Marie, ma tenne la bocca chiusa. Faceva di tutto per non guardare Gabriel, sebbene volesse disperatamente la sua reazione nei confronti di... beh, tutto. Però Cassie era fiera della sua grande forza di volontà, e non avrebbe lasciato che una stramba lussuria magica prendesse il controllo delle sue azioni.

...eeee tre secondi dopo ecco che lo guardava. Lo sorprese, mentre anche lui guardava verso di lei, ma senza incrociare il suo sguardo, e sembrava estremamente a disagio. Beh, lo erano entrambi.

"Oh, per l'amore del cielo," disse Mere Marie. "Gabriel, trova una stanza e sfoga tutta questa faccenda dell'accoppiamento. Ora come ora siete tutti e due inutili. E, qualunque cosa tu faccia, non farla rapire. Se Pere Mal la usa per scovare la Terza Luce, siamo fottuti."

Tutti quanti si alzarono in piedi e così fece anche Cassie. Il resto dei Guardiani si dileguò in un batter d'occhio lasciando Cassie e Gabriel da soli nella stanza. Gabriel guardò Cassie per qualche istante, poi le parlò.

"Che ne dici di fare una passeggiata?" chiese indicando le porte francesi che conducevano verso un curatissimo giardino.

La bocca di Cassie si asciugò quando udì le prime note del suo raffinato accento inglese. I suoi piedi avevano cominciato a muoversi verso di lui non appena aveva detto "Che ne dici", e la cosa era abbastanza imbarazzante. Cosa ben peggiore, a ogni passo che Cassie faceva, Gabriel diventava più bello, e d'improvviso il cuore cominciò a martellarle nel petto.

Gabriel aprì la porta e la tenne aperta per far uscire Cassie. Cassie si morse il labbro e abbassò lo sguardo sul pavimento, tremando mentre gli passava di fianco. Quando la mano di Gabriel si sollevò per accarezzarle la schiena con estrema gentilezza, Cassie lasciò andare un sospiro represso.

"Che diavolo è?" gemette. Si sentiva sempre più frustrata. Si sentiva come se non riuscisse a controllare i desideri del suo corpo, il che era inaccettabile. Uscì sotto il caldo e accecante sole di New Orleans e fece qualche passo provando a fare mente locale.

"Anche per me è una sorpresa," disse Gabriel seguendola fuori e concedendole un po' di spazio.

Cassie lo guardò di sbieco e incrociò le braccia sul petto.

"Non penso che tu lo volessi," disse lei stringendo le labbra. "Chi lo vorrebbe? È una sensazione *orribile*."

Le sopracciglia scure di Gabriel si inarcarono, un baluginio di emozioni gli rischiarò gli occhi blu, ma non rispose. Un'increspatura rivelatrice all'angolo della sua bocca e un fioco ristringimento dei suoi occhi furono gli unici indizi del suo disagio.

"Nessuno sceglie la compagna a cui è destinato," sospirò Gabriel.

"Se è destino, allora vivranno per sempre felici e contenti?" chiese Cassie. "Non credo proprio. I tuoi genitori, ad esempio: erano felici?"

Gabriel si assentò mentalmente per un attimo per poi riprendersi con una scrollata.

"Non ho mai conosciuto i miei genitori. Io e mia sorella eravamo orfani."

"Ahhh," disse Cassie sentendo il cuore che le finiva sulle guance. "Non dev'essere stato facile. Passare da un affidamento all'altro e tutto il resto."

Le sopracciglia di Gabriel si sollevarono di nuovo, poi l'angolo della sua bocca si arricciò divertito.

"Che tu ci creda o no, non c'è stato nessun affidamento. Mere Marie mi ha fatto arrivare qui direttamente dalla Londra del 1850. Io e mia sorella vivevamo per strada, e siamo stati fortunati a sopravvivere."

Cassie spalancò la bocca, incredula, e le ci vollero dieci secondi buoni prima di riuscire a richiuderla.

"Tu... tu sei... cosa, uno stregone mutaforma che può viaggiare nel tempo?" chiese incredula.

Le labbra di Gabriel si mossero per sorridere spavaldamente, poi fece spallucce. Cassie pensava che nessun uomo dovesse avere un aspetto così meraviglioso, mentre si comportava da stronzo. Non era giusto, era un peccato mortale.

"A dirla tutta, ho viaggiato nel tempo solo una volta, e Mere Merie si è occupata di tutto. E tu? Che mi dici di te? Sei un Oracolo. Pensavo fossero tutti morti con i Greci," disse. "Suppongo che questo faccia di noi una coppia abbastanza insolita."

Cassie cacciò un altro sospiro e scosse il capo. Gabriel si girò e prese a camminare in tondo, le mani dietro la schiena.

"Come è possibile? Da Oracolo, non posso negare che il destino esista... ma com'è possibile che tutt'a un tratto appartengo a qualcuno? Fino a ieri ero mia, solo e soltanto mia." Si strofinò le mani sulle braccia. Nonostante la giornata di sole, i brividi le correvano lungo la pelle. "Penso che... è che pensavo che avrei avuto più tempo prima che tu mi trovassi."

Vidi che Gabriel si bloccò per un momento, prima di voltarsi.

"Che cosa intendi, prima che io ti trovassi?" chiese.

"Beh, sono un Oracolo. Ho visto qualcosa del mio futuro. Quando eravamo fuori dalla Gabbia, mi è bastato guardarti in faccia per sapere chi fossi."

"Che cos'è la Gabbia?" chiese. "E se sapevi che avresti avuto un compagno, perché adesso sei così sorpresa?"

"La Gabbia è dove Pere Mal ci teneva prigioniere," disse Cassie scegliendo di rispondere alla domanda più facile. Per fortuna, Gabriel colse al volto l'occasione per farle delle domande su Pere Mal.

"Quante eravate, esattamente?"

Cassie scosse il capo. "Non lo so. Io ne ho conosciute cinque o sei, ma quando ci hanno portate fuori sembrava che ce ne fossero parecchie di più. Ci tenevano tutte rinchiuse, ognuna nella propria stanza."

"E tu pensi che Pere Mal voleva farti cercare la Terza Luce?" chiese.

"Sì, mi aveva chiesto di cercare la Terza Luce," disse Cassie con esitazione. "È solo che... quanto nei sai tu degli Oracoli?"

Gabriel strizzò gli occhi e si avvicinò. Chiaramente Cassie era riuscita ad attizzare la sua curiosità. Sebbene avesse il fisico di un guerriero, forse, dopo tutto, il suo futuro compagno era più uno studioso che un combattente.

"Solo quello che ho letto, il che non è abbastanza."

Cassie annuì provando a pensare alle parole più adatte per spiegarsi.

"Ci sono due tipi di profezie: offerte e invocate. Quelle offerte mi sorgono dentro, io non le chiedo, e non posso controllarle in alcun modo. Invocare una profezia, però, è ben diverso. Posso provare a trovare delle informazioni specifiche, vedere il risultato di un'azione specifica."

"E Pere Mal ti teneva per quest'ultime, immagino."

"Credo che gli servano tutti e due i tipi, ma sì."

"E allora perché non ti ha chiesto il nome della Terza Luce?"

"È difficilissimo invocare una profezia su delle cose che non dovrebbero ancora essere conosciute. Il fato ha il suo modo di controllare le cose."

Gabriel la guardò confuso.

"Questo non spiega niente," disse.

"Per invocare una visione c'è bisogno di un sacrificio. Più grande è la richiesta, più grande dev'essere il sacrificio. Pere Mal aveva accettato di essere paziente e compiva solo sacrifici di poco conto: dava il proprio sangue, offriva dei vitelli grassi, quel genere di cose. Non era pronto a compiere il tipo di sacrificio che ci vuole per trovare la Terza Luce. Non ancora, in ogni caso."

"Ah," mormorò Gabriel annuendo. "Allora siamo stati fortunati a trovarti prima che lo facesse, prima che trovasse un sacrificio che era disposto a fare."

"Solo per quello?" chiese Cassie con voce ferita.

"Cassie," disse Gabriel avvicinandosi a lei e afferrandole la mano.

Il suo tocco avvampò la carne di Cassie e, quando Gabriel la tirò a sé, lei non poté resistere. Inclinò la testa all'indietro e lo guardò negli occhi. Dentro di lei rimestava l'interesse, e nei suoi occhi scorse la stessa voglia che sentiva lei.

Sebbene il turbinio di desiderio tra di loro stesse

crescendo così in fretta, il bacio avvenne... oh, ma con una tale lentezza! Gabriel le bloccò il braccio dietro la schiena premendo le loro dita intrecciate contro la zona lombare. I loro corpi si unirono. Cassie si irrigidì e arricciò le dita dei piedi, fremente.

Gabriel le passò un dito sulle scapole risalendo fino alla mascella, la sua espressione come meravigliata. Quando con quello stesso dito le sollevò il viso e i suoi occhi si soffermarono sulla sua bocca, le labbra di Cassie si aprirono per invitarlo.

Gabriel si spinse in avanti e strofinò la bocca contro la sua, stuzzicandola. Indietreggiò ed esitò per un secondo; poi le si avvicinò di nuovo. Quando finalmente la baciò, le loro labbra si trovarono come se non ci fosse niente di più naturale, niente di più giusto.

La lingua di Gabriel toccò quella di Cassie accendendo un fuoco dentro di lei, e lei sollevò la mano libera per accarezzargli il collo e affondare le dita nei suoi capelli. Gabriel emise un suono basso e soffice che le fece piegare le ginocchia e la costrinse a mordergli il labbro inferiore. Cassie chiuse gli occhi, sospirò, si appoggiò a lui, vogliosa.

Un battito dopo, Gabriel la lasciò andare e indietreggiò. Sembrava in difficoltà.

Cassie spalancò gli occhi e si portò le dita sulle labbra rigonfie. Vide la paura scritta a chiare lettere sul volto di Gabriel. Fu come uno schiaffo.

Una risatina priva di gioia le scappò dalla gola e Cassie scosse il capo.

"Va bene," disse, quasi parlando da sola. "Ovviamente non sei ancora pronto."

Girò i tacchi e si diresse verso la porta principale. Notò che i servitori vestiti con lo smoking li stavano guardando dalla finestra.

"Cass, aspetta! Dove vai?" chiese Gabriel inseguendola.

"A trovare la mia amica Alice. Voi guardiani avete salvato solo una ragazza, e ce n'erano a decine. E non mi sembra che tu stia correndo a salvare le altre. Se non lo fai tu, lo faccio io," disse.

"Dovremmo parlarne con Rhys e Aeric, pensare a un piano," disse Gabriel. "Non sai nemmeno dov'è!"

"No, ma forse so chi lo sa," disse Cassie spalancando la porta ed entrando in casa con passo pesante. "Ho le mie fonti. E tu puoi smetterla di giocare a fare il macho protettore con me. Te lo assicuro, so badare a me stessa."

Si fermò di colpo. Si accorse che non sapeva come uscire da quella casa. Quando l'uomo in smoking inarcò un sopracciglio e le indicò l'altro lato dell'ampio salone, Cassie gli annuì riluttante.

"Sei stata prigioniera per quattro anni. Come fai ad avere delle *fonti*?" voleva sapere Gabriel.

Cassie gli lanciò un'occhiataccia e si diresse verso l'entrata principale della Villa, senza fermarsi, fino a quando non fu fuori. Scese i grandi gradini di marmo e si guardò attorno cercando di calmarsi.

"Dove siamo? Esplanade?" chiese.

"Sì, ma..." provò a dire Gabriel.

Cassie si girò per guardarlo.

"Vieni o no?" gli chiese.

Senza aspettare la sua risposta, uscì in strada per chiamare un taxi.

4

Gabriel soffocò un gemito, guardando quell'attaccabrighe dai capelli rossi uscire infuriata dalla porta principale della Villa. Lui non voleva fare altro che passare del tempo assieme a lei, avvicinarsi a un'altra donna, un'altra persona ancora da deludere. Forse era quel temperamento indomito che gli ricordava dell'intolleranza di sua sorella Caroline per le stupidaggini. Forse era perché Cassie era una donna; forse lui si stava comportando da sessista – una divertente parola nuova che aveva imparato nel corso serale della Università di Tulane.

Il concetto di sessismo era di certo più moderno di Gabriel stesso, ma lui riusciva a comprenderlo più che bene. Pensava di non avere problemi con Cassie, con Caroline o con nessun'altra donna. Sapeva sola che non era mai in grado di comportarsi nel modo giusto, e quindi evitava tutto quello che non fossero poche ore di piacere.

Aveva accumulato tante, ma tante ore di piacere, da quando era arrivato a New Orleans, ma erano state delle avventure insignificanti... specie quando guardava Cassie, vestita con un allettante gonna color zaffiro che le arrivava alle caviglie e una camicetta bianca, e gli indomiti capelli rossi che le ricadevano sulla schiena. Se Gabriel l'avesse adocchiata in uno dei club dei Kith, compagna o no, avrebbe fatto di tutto per portarsela a casa.

Un taxi si avvicinò al marciapiede e Gabriel corse giù per le scale. Sbatté la mano sulla porta prima che Cassie riuscisse ad aprirla. Ignorò il suo sguardo furente.

"Permettimi almeno di accompagnarti," disse. "Dall'altra parte della strada c'è una delle nostre macchine. Indicò il SUV nero parcheggiato a poche centinaia di metri e, con suo sollievo, Cassie cedette.

"Va bene," disse, la bocca premuta in una smorfia. Fece cenno al taxi di andarsene. Sembrava impaziente.

"Fammi prendere le chiavi, ce le ha Duverjay," disse Gabriel. Notando lo sguardo confuso di Cassie, le spiegò: "Il maggiordomo. Col vestito con le frange?"

Cassie alzò gli occhi al cielo e ritornò verso la porta principale della Villa per accasciarsi su una panchina di marmo e aspettare. Gabriel sapeva che l'aveva fatta arrabbiare per bene, ma sarebbe andato all'inferno prima di capire cosa avrebbe potuto fare per rimediare. Non poteva mica scusarsi per come si sentiva riguardo tutta la faccenda della compagna, no? Non importava quanto piene fossero le sue labbra, quanto sexy fossero i suoi occhi grigi…

Mentre andava a prendere le chiavi dal maggiordomo, afferrò anche una borsa di emergenza dal corridoio. La spada, la sua arma preferita, non c'era, ma in compenso c'erano tante altre armi e del denaro, giusto per essere sicuri.

"Va bene," disse Gabriel ritornando da Cassie. Aprì la macchina e fece il giro per aprirle la porta, provando a non sorridere di fronte alla sua espressione sospettosa. Gettò la borsa sul sedile posteriore e si arrampicò per sistemarsi al posto di guida, facendo una smorfia, mentre ammassava la sua figura allampanata dentro la macchina.

"Non mi abituerò mai a queste macchine," sospirò immettendosi sull'Esplanade.

"Ho avuto una macchina, per qualche anno, quando ero un'adolescente. Un rottame di utilitaria. Le tue gambe e quella macchina non sareste andati per niente d'accordo," disse Cassie. "Per guidare ti saresti dovuto sedere di dietro."

"Non ci tengo a scoprirlo. Dove andiamo, comunque?" chiese Gabriel.

"Jackson Square," disse Cassie.

Gabriel sbatté le palpebre, la sua risposta l'aveva sorpreso. Proprio al centro del quartiere francese c'era la cattedrale di San Luigi, una delle attrazioni turistiche più vecchie della città. Di fronte alla chiesa c'era un piccolo parco, circondato su tutti e quattro i lati da ristoranti e gallerie d'arte e negozi di souvenir. Strizzati in quegli spazi angusti c'erano disegnatori, venditori di hot-dog, maestri di scacchi che offrivano lezioni, artisti di strada e ogni altro tipo di mercante immaginabile – Jackson Square.

Gabriel pensava che la fonte di Cassie si trovasse nel Gray Market, l'ampio mercato del paranormale nascosto alla vista degli umani. E, se non lì, allora in qualche altro luogo frequentato dai Kith, dalla comunità sovrannaturale.

"Tu sei voluto venire," disse Cassie girandosi per guardare fuori dal finestrino. "Trovare un parcheggio sarà un incubo, lo sai, sì?"

"Nonostante il solito traffico del quartiere francese, i Guardiani possono parcheggiare ovunque desiderino," disse Gabriel con malizia.

Ottenne l'attenzione di Cassie.

"Pensavo che nessuno fosse immune dalle multe per divieto di sostate," disse. "Sono inevitabili, come la morte e le tasse."

Gabriel sorrise in modo caustico.

"Abbiamo amici a ogni livello dell'amministrazione, qui a

New Orleans. Te lo assicuro, il nostro servizio alla comunità vale più di qualche multa."

Cassie sospirò appena. Gabriel trovò un parcheggio a poco più di un chilometro di distanza dalla Cattedrale. Non appena parcheggiarono, Cassie sembrò volersi sbrigare ad aprire la porta prima che lui potesse fare il giro e aprirla per lei.

Gabriel guardò il cielo, provando a raccogliere tutta la pazienza che aveva. C'era da aspettarselo che il fato gli portasse un'indipendente donna moderna, qualcuno che non avrebbe accettato la sua volontà, punto e basta. Si strofinò la faccia e si affrettò per avvicinarsi a Cassie che si era già avviata.

"Lo compriamo un hot-dog?" chiese Gabriel scherzando su quelle specie di salsicce che la gente del posto adorava.

"Voglio dire, sì, puoi," disse Cassie. "Io vado a incontrare Madame Marquis."

"Madame chi?"

Cassie lo portò a Jackson Square. Il parco era circondato da una recinzione di ferro malandata alta dieci metri, attorno alla quale erano radunati la maggior parte dei venditori. Cassie si avvicinò a una donna seduta su una sedia da campeggio che muoveva i tarocchi su un piccolo tavolino ricoperto di seta nera. Un cartello enorme era appeso sulla recinzione dietro di lei e proclamava: "Madame Marquis – Legge il futuro $ 5/10 Minuto."

"Ah," disse Gabriel provando a nascondere la propria disapprovazione. A giudicare da come Cassie alzò gli occhi al cielo, non era riuscito a nasconderla per bene. A essere onesti, Madame Marquis aveva un aspetto ridicolo: era una donna caucasica di sessant'anni agghindata con un costume da zingara: vestiti ondulati, sciarpe ondulate, un anello su ogni dito. Aveva anche dei capelli scuri acconciati in modo molto dubbio che Gabriel era abbastanza sicuro che fossero una parrucca.

"Non la offendere, è molto sensibile," lo avvertì Cassie prima che Gabriel potesse esprimere alcun commento.

Gabriel non poté fare a meno di notare il modo in cui l'indovina balzò in piedi non appena Cassie le si fece vicina.

"Oracolo!" sussultò, gli occhi baluginarono di qua e di là e si soffermarono su Gabriel. La sua espressione scioccata divenne curiosa nel giro di un secondo. "È un Guardiano?"

"Sì, Madame," disse Cassie porgendole la mano. Si gettò dietro le spalle i folti capelli rossi. "Possiamo sederci con lei per un momento?"

"Ma certo, Oracolo," disse Madame spingendo due sedie di tela verso di loro. "Sedetevi, sedetevi."

"Funzionano le carte?" le chiese Cassie con nonchalance, ignorando completamente l'ovvia eccitazione nervosa dell'altra donna. "Le ho sistemato le carte, le ho fatte più accurate," spiegò a Gabriel.

"Oh, una meraviglia," disse Madame leccandosi le labbra e sistemandosi sulla sedia. Raccolse i colorati tarocchi sparsi sul tavolino e mise il mazzo a faccia in giù. La mano della donna si allungò per accarezzare un'enorme sfera di cristallo, il suo sguardo passò dalla sfera a Cassie, da Cassie alla sfera.

"Madame, ho bisogno di due cose da voi. In cambio, eserciterò di nuovo la mia influenza sulle carte e sulla sfera di cristallo," disse Cassie. Mentre parlava, si tolse il guanto destro. Guardò la donna come se volesse sfidarla a notare le proprie cicatrici.

Ma l'altra donna non sembrò notarle, vide sorpreso Gabriel. Era così eccitata per il regalo di Cassie da restare impassibile di fronte all'aspetto di Cassie. In quel momento, Gabriel capì che quando si tratta delle proprie cicatrici, Cassie aveva un'ansia nei confronti delle reazioni altrui che non trovava corrispondenza nella realtà.

Quando Cassie si tolse il guanto sinistro, gli occhi di Madame si sollevarono per un istante e poi si offuscarono.

"Pere Mal arriverà," disse Madame con un po' di tristezza. "Saprà che sei stata qui. Non posso farci niente."

"Certo che no, non vi chiederei di mentirgli in modo così spudorato," disse Cassie passando le dita sulla tovaglia di seta. "Potete dirgli che sono stata qui, ma voglio che non menzionate il mio amico. Pere Mal scoprirà presto che mi trovo con i Guardiani, ma non ha bisogno del vostro aiuto."

Cassie sollevò un sopracciglio interrogativo verso Madame, che si lasciò scappare un sospiro represso.

"Sì, sì," disse l'indovina spingendo le carte verso Cassie. Cassie si sporse in avanti per afferrarle, poi si fermò.

"Ho bisogno di un'altra cosa," disse.

Gabriel guardava le due parlare, affascinato. Per essere una donna che aveva passato diversi anni come prigioniera, Cassie era estremamente socievole. Crescendo per le strade di Londra, Gabriel aveva conosciuto molto pescivendole che avrebbero invidiato le capacità di contrattazione di questa rossa di bell'aspetto.

Gabriel si acciglio, i suoi pensieri che girovagavano. *Compagna*, quella parola infida. Non avrebbe dovuto pensare in quel modo. Il suo orso si sollevò per una frazione di secondo, facendo sapere a Gabriel quanto lo indisponesse il suo rifiuto di prendere Cassie lì su due piedi, di marchiarla di e di farla sua.

"– bisogno che mi diciate come trovare qualcuno," stava dicendo Cassie quando Gabriel riuscì a ritornare alla conversazione. "Qualcuno che è stato prigioniero, come me."

"Ooooooh," mormorò Madame. Guardò le dita di Cassie danzare sulla tovaglia. "Oracolo, io queste cose non le so…"

Cassie sembrò pensarci per un momento, poi fece come per alzarsi."

"Se non potete aiutarmi –" cominciò a dire.

"No, no! Aspetta! Aspetta!" disse l'indovina abbassando la voce fino a ridurla a un sussurro. "So a chi puoi chiedere, Oracolo. Ma, ti prego, non andartene."

"Sono tutta orecchi," disse Cassie allungando una mano per prendere il mazzo di tarocchi. Toccò le carte per un paio di volte e poi guardò Madame Marquis.

"C'è un uomo, un uomo molto cattivo," disse Madame impallidendo un po'. "Ciprian Asangel. Occupa il terzo gradino della piramide sociale dei Vampiri. Lui saprà qualcosa."

"Interessante," disse Cassie. Chiuse gli occhi e sembrò concentrarsi sulle carte. Aprì gli occhi e mise le carte da parte. "Ditemi dove posso trovarlo, e infonderò energia alla vostra sfera di cristallo."

Madame si leccò di nuovo le labbra, il suo volto riprese un po' di colore.

"Conosci il bar Bellocq?" chiese l'indovina. "Gestisce l'area dei Kith, la botola in fondo alla tasta."

"Ci sono già stata," disse Cassie.

Gabriel fu sorpreso nel sentirglielo dire, dal momento che il Bellocq era un bar pieno di arrapati. Lui non ci era mai entrato, ma sapeva abbastanza bene che reputazione avesse. Sia gli umani e che i Kith trasudavano sesso e denaro, e una parte di lui odiava pensare a Cassie in mezzo a quella gente.

Guardò in silenzio Cassie che allungava una mano e che faceva la sua macumba sulla sfera di cristallo.

"Grazie, Oracolo," disse Madame.

"Ricordatevi del nostro accordo, ok?" disse Cassie.

"Sì, sì," rispose l'indovina. Il suo sguardo balzò su Gabriel.

"Un soldo per i vostri pensieri, Madame," disse Gabriel.

Madame Marquis guardò Gabriel e Cassie, e poi scosse lentamente il capo.

"Posso leggerti le carte, Guardiano, ma non posso dirti nulla sul futuro dell'Oracolo."

Gabriel si accigliò, pronto a incalzarla con altre domande, ma Cassie balzò in piedi e li interruppe. Si rimise i guanti.

"Va bene, dobbiamo andare. Non vogliamo trattenere oltre Madame, deve lavorare," disse Cassie lanciando uno sguardo d'intesa verso Gabriel.

"Sì, sì. Grazie, Oracolo," disse Madame Marquis alzandosi in piedi e stringendo la mano di Cassie.

Gabriel si lasciò trascinare via da Cassie e si chiese cosa mai avesse da nascondere.

"Dove posso comprare qualcosa da indossare al Bellocq?" si chiese Cassie ad alta voce, mentre tirava Gabriel verso la macchina. Gabriel ignorò il tepore che gli riempì il petto a causa del semplice e innocente tocco di lei, e si concentrò su quello che diceva.

"Abbiamo le tue valigie. Beh, abbiamo un paio di dozzine di valigie, e qualcuna di quelle dev'essere tua," disse Gabriel. "Ma non avrai bisogno di trovare qualcosa da indossare per andare al Bellocq, perché non ci vai."

Cassie si fermò di colpo, ritrasse la mano e lo fissò in volto.

"Come, scusa?" chiese, la voce piatta.

"Ci andranno i Guardiani. È il nostro lavoro, Cass."

"Prima di tutto," disse Cassie sollevando un unico dito per attirare l'attenzione di Gabriel, "non chiamarmi Cass."

Gabriel dovette sforzarsi per non ridacchiare.

"Secondo, non me lo dici tu dove posso o non posso andare. Un bacetto non ti dà il diritto di controllarmi."

Gabriel sospirò.

"Niente di personale. Non permetteremmo nemmeno a Mere Marie di andarci."

Cassie sbuffò.

"Mi piacerebbe proprio vederti mentre dai ordini a Mere Marie. È abbastanza evidente chi è che porta i pantaloni, lì dentro."

Gabriel provò a capire cosa intendesse, ma Cassie continuò.

"E vorrei farti notare anche che non riuscirai ad entrare in quel cavolo di bar senza di me. Forse nella zona per gli umani, solo perché sei bello e tutto, ma la zona dei Kith è sorvegliata a vista."

"E, guarda caso, tu conosci la parola d'ordine segreta?" chiese Gabriel inclinando la testa.

"Conosco i buttafuori, che è meglio."

"Ed esattamente come fai a conoscerli?"

"Non sono affari tuoi. Ricordi quello che ti ho detto?" chiese Cassie. Sembrò perdere quel poco di pazienza che le era rimasta.

"Va bene, e quindi sei stata a bere al Bellocq e ti hanno tenuta prigioniera allo stesso tempo?" chiese Gabriel incrociando le braccia sul petto.

"Pere Mal ha bisogno di mettere in mostra le sue risorse. Fa e riceve favori da tutti, e ha bisogno di far sapere alla gente cos'ha in serbo. Io sono una delle risorse migliori che ha, o meglio, aveva. Ogni tanto mi portava in giro giusto per mettermi in mostra."

"E perché allora non sei scappata? Perché non sei uscita da una finestra?"

Qualcosa nell'espressione di Cassie si indurì.

"L'ho fatto, la seconda volta che mi ha portata fuori. Sono sgattaiolata fuori dalla sala VIP e sono ritornata dai miei genitori."

"E ti ha rapito di nuovo? Proprio sotto al naso dei tuoi genitori?" chiese Gabriel, sbalordito. Di certo una strega tanto potente quanto Cassie era figlia di due potenti maghi, forti abbastanza da essere in grado di proteggere la propria figlia.

Cassie si mise a ridere freddamente e gettando la testa all'indietro. Si tirò su una manica e mostrò a Gabriel le centinaia di intricate cicatrici che aveva sui polsi e sulla parte interna del gomito.

"Chi pensi che mi abbia venduta? Anzi, è peggio. Mi hanno venduta ancora prima che avessi accesso ai miei pieni poteri. Pensavano che fossi debole, e quindi mi hanno venduta a un vampiro a Grey Market. Prima di diventare l'Oracolo, era una schiava di sangue."

Il ghiaccio avvolse il cuore di Gabriel. Il solo pensiero gli fece stringere i pugni per la rabbia. Alcuni donatori di sangue venivano trattati molto bene e vivevano a lungo, ma gli imprenditori vampiri più loschi lasciavano i loro clienti schiavizzassero i donatori per qualche anno prima di abbandonarli per le strade a vivere vite brevi a patetiche, senza né più forza né più intelligenza.

"Quanti anni avevi?" chiese Gabriel, riuscendo a malapena a far passare le parole al di fuori della sua mascella contratta.

"Quindici." Cassie si riabbassò la manica e lanciò un'occhiataccia a Gabriel. "Se continui a guardarmi così, con quella cazzo di compassione, ti darò un pugno su quel bel visetto."

"È solo che... sono un sacco di cose da elaborare. Sto provando a non dare in escandescenze," ammise Gabriel.

Cassie sogghignò, e le sue guance arrossirono per la rabbia.

"Beh, mi dispiace che la tua cosiddetta compagna sia di seconda mano. Il fato pensa di essere divertente, a farmi far coppia con Mr. Perfezione. Non è che avessi molta scelta," disse scoprendo i denti.

"Cass," gemette Gabriel. Quello la fece girare, voleva andare via. Gabriel la afferrò per potersi spiegare. "Guardami. Non penserai mai e poi mai una cosa del genere. E io non sono perfetto, anzi."

Cassie lo guardò, stretta tra le sue braccia, e i suoi grandi occhi grigi si illuminarono di lacrime non versate.

"Lasciami andare," sussurrò, il suo sguardo perso in quello di Gabriel.

"Non fino a quando non mi sarai stata a sentire," disse lui sporgendosi in avanti per sfiorarle le labbra con le sue. Il suo profumo lo invase, di cannella dolce e piccante; sentire il suo ventre e i suoi seni che premevano contro di lui fece sobbalzare il suo cazzo con rinnovato interesse.

Cassie lo guardò, sul vostro un'espressione piena di incertezza. Gabriel le diede un bacio lento, profondo, e lasciò andare le sue labbra con riluttanza.

"Il tuo passato non significa niente per me. Dimmi che mi credi," disse Gabriel provando ad essere tenero.

Cassie si morse il labbro e annuì. Sollevò le mani e lo spinse via con gentilezza. Quando tra loro ci furono un po' di centimetri, fece un respiro profondo.

"Gabriel, io non sono un fiorellino delicato."

Non poteva non amare come il suo nome risuonava sulle sue labbra.

"Sei più forte di tanti altri, immagino."

"Sì," disse lei aggiustandosi di nuovo la manica della camicetta. "E andrò al Bellocq con te. Capisco che non sei pronto ad avere una compagna. Nemmeno io forse lo sono. Ma dovrai accettare il mio aiuto, se vuoi trovare le altre ragazze."

Passò un lunghissimo secondo; poi Gabriel non poté far altro che annuire.

"Va bene," disse afferrandole di nuovo la mano. Lei non resistette al suo tocco, e Gabriel la tirò di fianco a lui e insieme si incamminarono verso la macchina, e Gabriel sapeva che aveva appena acconsentito a fare qualcosa di molto difficile. "Però, non possiamo andare stanotte. C'è la luna piena, e quindi nessuno dei Vampiri si farà vedere in giro. Sono tutti rinchiusi nelle loro tane a fare le loro cose segrete."

"Immagino che dovremmo trovare un modo per ammazzare il tempo," disse Cassie contraendo le labbra. "Che per caso sai giocare a scacchi?"

Gabriel soffocò un gemito. Sembrava che Gabriel Thorne avrebbe speso un sacco di tempo con l'indimenticabile, bellissima Cassandra Chase, che lo volesse o no.

5

Cassie si infilò per ultimo il cappotto rosso rubino e si ammirò nello specchio. Le folte ciglia nere perfette, i capelli rossi raccolti in uno chignon arruffato, e in testa un cerchietto d'oro. Era quella la cosa bella dei club dei Kith, la cosa che Cassie preferiva più di tutte: potevi mettere da parte i vestiti di tutti i giorni e impressionare tutti con qualcosa di sfavillante, a prescindere da cosa sarebbe stato più appropriato in un normale club per umani.

Non era esattamente entusiasta del fatto che fossero dei vampiri a gestire il Bellocq, più che altro perché le loro sparizioni mensili durante le notti di luna piena l'avevano intrappolata dentro la Villa per quattro giorni di fila. Tanto per cominciare, né Cassie né Gabriel erano dei tipi pazienti, e poi la tensione sessuale che cominciava a sbocciare tra loro due cominciava ad essere insopportabile.

Persino adesso, con Aeric che sedeva in mezzo a lei e al suo futuro compagno, Cassie riusciva a pensare solo a Gabriel. Ogni volta che Gabriel si muoveva sul sedile della macchina, Cassie riusciva a *sentire l'odore* della sua pelle sotto i vestiti. Il fatto che le sapesse che si trattava della pelle di

Gabriel, specificamente della sua, di pelle, era più scoraggiante di quanto Cassie non riuscisse a comunicare.

E stanotte, loro avrebbe dovuto parlarsi, toccarsi, lavorare come una squadra. Come diavolo ci sarebbero riusciti?

L'Oracolo si agitò dentro Cassie, forse in reazione al suo disagio. Cassie fece un respiro profondo e provò a fare pensieri positivi, a inviare all'Oracolo delle vibrazioni positive. L'ultima cosa di cui Cassie aveva bisogno era di farsi possedere e infiammarsi e di cominciare a sputare profezie criptiche su come gli occupanti della macchina erano destinati a soffrire e a morire. Quando l'Oracolo parlava, rivelava di rado cose gioiose e confortanti.

Cassie sospirò e guardò fuori dal finestrino, mentre Duverjav si immetteva in Lee Circle nel distretto finanziario di New Orleans. Guardò l'elegante colonna bianca al centro della rotonda con in cima la statua di Robert E. Lee che guardava l'autostrada. Cassie non era esattamente un fan di Lee, ma quel monumento era notevole.

"Ecco, qui, sulla destra," disse Cassie, indicando un basso edificio verde oliva.

"Non c'è molto da vedere," borbottò Rhys dal sedile anteriore. Diede di gomito al maggiordomo dei Guardiani, il guidatore designato. "Lasciaci qui, Duverjay."

Duverjay accostò aspettando che Cassie e i tre Guardiani uscissero davanti dall'Hotel Modern, da sempre un posto molto chic. Erano le dieci e mezza, l'ora perfetta per immergersi nella brulicante attività sociale di New Orleans. Parecchie persone erano sedute sul patio dell'hotel, vicino all'entrata principale, sorseggiando cocktail e chiacchierando; almeno terzo dei clienti si zittì e prese a fissare Cassie, Gabriel, Rhys ed Aeric che uscivano dal SUV.

Cassie si lisciò le mani sul lungo abito da sera che le lasciava la schiena scoperta. Il vestito di Aidan Mattox, che arrivava fino a terra, le calzava come un guanto, avvolgendo tutte le curve giuste; e l'intricata decorazione di perline dorate riluceva sotto la luna. La decorazione si espandeva a raggiera partendo dalla vita, esaltando la sua figura snella in modo incredibile. Sembrava una Venere dai capelli color fiamma che sorgeva dal mare, e tre uomini in smoking, belli come dei modelli, la seguivano da vicino.

Non c'era da meravigliarsi che tutti li stessero fissando. Cassie trattenne un'espressione compiaciuta e passò oltre i clienti dell'hotel. Gabriel era subito dietro di lei, e Cassie sapeva che anche lui otteneva la medesima attenzione, se non di più. Il suo smoking Burberry gli stava così bene che Cassie doveva sforzarsi per non guardarlo di continuo, spaventata di poter cominciare a sbavare.

Gabriel era *muscoloso*, quello era poco ma sicuro. Il suo culo strizzato in quei pantaloni eleganti era un crimine contro l'umanità.

"Dov'è l'entrata del club?"

Cassie guardò rapida l'uomo in questione non appena lui si intrufolò nei suoi pensieri lascivi.

"Da questa parte, attraverso il giardino," disse svoltando l'angolo e conducendo i tre uomini verso un'enorme area piena di sedie e candele. A parte le candele, l'unica fonte di luce erano le fioche lampadine appese sulle loro teste che permettevano alla luna dell'afosa New Orleans di rendere il cortile un posto estremamente romantico.

Cassie costeggiò i tavoli pieni di risate e di spensierati ventenni e si fermò a una dozzina di passi da due guardie armate. Sopra di loro c'era un semplice cartello con su scritto *"bellocq – cocktail artigianali"*.

"Eccoci qui," annunciò Cassie avvicinandosi alle guardie e facendo loro un cenno con la testa. "Signori."

"Signorina Chase," risposero i due all'unisono inchinando il capo con riverenza. Aprirono la porta per farla entrare.

"Sospettosamente facile," borbottò Aeric.

"Quelle sono solo le guardie umane," disse Cassie alzando gli occhi al cielo. "Non sanno nemmeno cosa sono io, sanno solo che sono una VIP."

Entrarono nella zona del Bellocq riservata agli umani, una sala scura e intima rivestita di velluto cremisi, seta nera e decorazioni in argento. Coppie e piccoli gruppi se ne stavano in piedi o sedute su poltrone iper-imbottite, ridendo e chiacchierando al di sopra della musica martellante. I separé erano incassati nel muro, allineati con ampi cuscini e parzialmente nascosti da spessi tendaggi decorati da perle bianche e nere.

Alla loro destra c'era un meraviglioso bar, ma Cassie avanzò attraversando la sala. Quando raggiunse l'altro lato della sala virò a sinistra verso un angoletto, e si infilò in mezzo a due separé. Qui c'erano altre due guardie che squadrarono Cassie e i Guardiani con occhi sospetti. Le guardie erano in piedi davanti a un muro spoglio dipinto di nero, ed erano armate con pistole e bacchette.

"Jacques, Redford," disse Cassie salutando le guardie per nome.

"Oracolo," rispose Redford. Era il più grosso dei due, il suo completo faceva fatica a coprirgli il petto massiccio, e sembrava essere quello che comandava.

"I miei amici ed io stiamo cercando... un po' di divertimento," disse Cassie sbattendo le ciglia.

Le sopracciglia di Redford fecero un balzo in alto, mentre guardava Cassie e i Guardiani, ovviamente traendo delle conclusioni che Cassie non riusciva ad indovinare.

"Garantisci tu per loro, Cassie? Conosci le regole," disse Redford lanciandole uno sguardo emblematico.

"Sì, le conosco," disse Cassie sorridendo a Redford mestamente.

Redford guardò Jacques, che fece spallucce.

"Va bene, Oracolo. Divertitevi," disse Redford tirando

fuori la bacchetta che aveva infilata nella cintura e picchiettandola sul muro.

Il muro ondeggiò per un attimo, poi l'illusione si disperse per rivelare l'entrata cavernosa del club dei Kith, la porta coperta da migliaia di piccoli spuntoni dorati che brillavano sotto la luce tenue.

"Non toccateli," disse Cassie ai Guardiani. Gabriel e Rhys si accigliarono, ma Aeric sembrava imperturbabile. Per la decima volta quel giorno, Cassie ebbe la distinta sensazione che non solo Aeric fosse più vecchio degli altri Guardiani, ma che forse era qualcosa di completamente differente. Qualcosa... *di più*.

Si addentrarono nella zona per i Kith del Bellocq camminando in fila indiana, fino a quando non emersero in un'unica enorme sala. L'oro brillava su quasi tutte le superfici della stanza, le candele tremolavano su migliaia di candelabri scavati nel soffitto di roccia.

Da un lato c'erano i separé e fin troppi mobili, dall'altro un bar abbagliante, un'imitazione fedele di quello nella zona per gli umani. La differenza principale era la pista da ballo in mezzo alla sala, con un centinaio di corpi ammassati che roteavano su una linea di basso rimbombante che Cassie riusciva a sentirsi fin dentro le ossa.

Gabriel le si fermò accanto e Cassie vide lo vede bisbigliare qualcosa, sorpreso. Il Bellocq era impressionante, dopo tutto. Era il bar dei Kith più esclusivo e costoso della città, più che altro perché dietro il bar c'era un labirinto di sale private atte a soddisfare gli appetiti più disparati.

O almeno così Alice aveva detto a Cassie.

Pensare alla sua amica le fece drizzare la schiena. Toccò il braccio di Gabriel per avere la sua attenzione.

"Prendiamo qualcosa da bere," disse alzando la voce per farsi sentire sopra la musica.

Con sua sorpresa, sia Rhys che Aeric li lasciarono. Rhys andò verso la pista da ballo, Aeric verso il corridoio sul retro.

"Non preoccuparti per loro," disse Gabriel avvicinandosi a lei per mormorale nell'orecchio.

Le era così vicino che Cassie riusciva a sentire il suo respiro sul collo, il suo odore mascolino e pungente.

"Io –" disse Cassie agitata.

Gabriel la prese per mano, intrecciò le dita con le sue come aveva fatto qualche giorno fa, e la condusse al bar. Persino in quel bar pieno di Vampiri e di ogni altro tipo di mutaforma esistente, Gabriel era di gran lunga l'uomo più bello di tutti. E anche uno dei più alti.

Sgomitò per avvicinarsi al bancone, ignaro delle due ninfe dai capelli biondi che stavano praticamente implorando per avere la sua attenzione, sorridendo e mettendo in mostra il petto. Cassie adocchiando le loro figure snelle e le loro fattezze eteree e trattenne una smorfia, pienamente conscia del fatto che lei fosse ben più alta e formosa delle due fate.

"Cass," disse Gabriel strizzandole la mano.

Lei lo guardò, quasi sciogliendosi di fronte al suo sguardo pieno di ammirazione, di apprezzamento. I suoi occhi blu notte corsero su e giù per il suo corpo prima di andare a soffermarsi sul suo viso.

"Con questo vestito... ci è mancato poco che non ti lasciassi uscire dalla Villa," disse Gabriel contorcendo le labbra divertito. "È la definizione stessa di *tentazione*."

Il suo accento suonava così forte quando flirtava, e Cassie poteva solo immaginare che effetto avesse sulle donne ignare che frequentavano i bar come questo. Diamine, quello sguardo, l'accento, il modo in cui la giacca del suo completo rifiniva la sua figura alta e muscolosa...

Sì, faceva effetto anche su Cassie, se ci si poteva fidare delle sue mutandine zuppe. Si leccò le labbra, sentì il calore inondargli il viso, mentre guardava Gabriel. Ispirò, provando a non distrarsi dalla sua missione.

"Dovremmo... ehm... cercare Asangel. Non appena finiamo il cocktail, voglio dire," disse distogliendo lo sguardo da Gabriel.

"Sempre a lavorare, vero?" chiese Gabriel senza aspettarsi una risposta. Gabriel riuscì a ottenere l'attenzione di una graziosa barista e in breve offrì un drink a Cassie. Il cocktail venne servito in un'elegante coppa dorata, riempita fino all'orlo con ghiaccio tritato e decorato con fragole fresche e menta.

Cassie fece un sorso e annuì in approvazione, soprattutto perché il suo drink era al tempo stesso forte e leggero. Non era un drink da ragazze, nonostante l'intricata decorazione floreale. Notò che Gabriel aveva ordinato per sé un bicchiere di Porto e fu felice che glielo avesse risparmiato.

"Come sapevi quello che dovevi ordinarmi?" chiese, curiosa.

Gabriel sorrise e le fece l'occhiolino. La sua bellezza le fece mancare il respiro per un attimo, e capì che era la prima volta che lo vedeva sorridere di cuore.

"A dire il vero, ho chiesto alla barista di darmi quello che di solito beve l'Oracolo," ammise, fiero di sé. "Non pensavo che fossi una tipa da Porto."

"E avevi ragione," disse Cassie sorseggiando il suo drink.

Cassie si girò verso la sala e passò in rassegna la sala. Poi le venne un'idea. Alzandosi sulle punte, provò ad avvicinarsi abbastanza a Gabriel così da non farsi sentire da nessun altro.

"Ordinaci un altro drink," mormorò.

"Di già?"

"Quando lo ordini, dì alla barista di mandare un bicchiere di vino ad Asangel. Se te la giochi bene, sarà una passeggiata," gli spiegò Cassie.

Gabriel annuì, sembrava piacevolmente colpito, e subito si girò per darsi da fare. Cassie fece finta di concentrarsi sul suo drink, mentre la barista versava il vino in un calice e lo consegnava a una bellissima brunetta. Gabriel prese un sorso del suo Porto e mise un altro cocktail nella mano libera di Cassie, cominciando a parlare del design degli interni del bar. Gabriel si girò dando le spalle alla pista da ballo, ma la sua posa non ingannò Cassie nemmeno per un istante.

Cassie annuì mentre guardava la barista oltre l'orlo del bicchiere. Quando la cameriera consegnò il calice con uno sguardo da civetta, Cassie non poté a fare a meno di guardare l'uomo che lo afferrò.

"Ha funzionato? Lo vedi?" chiese Gabriel.

"Uuuuh... sì," disse Cassie deglutendo. Ciprian Asangel era alto un metro e novanta, un uomo agile e soave. Poteva anche essere un Vampiro, ma i suoi capelli biondo cenere, i suoi occhi blu e il suo sorriso brillante erano innegabilmente seducenti. Indossava un completo blu metallico che sembrava fatto su misura, e il gregge di donne che lo circondava sembrava come un accessorio, un'eco della sua bellezza.

Gabriel avvolse il braccio attorno alla vita di Cassie, se la avvicinò e la baciò sul capo. La fece girare con un movimento fluido, ma il suo sorriso scomparve quando intravide Asangel.

"Non mi aspettavo che fosse così... *così*," disse Gabriel. "A dire il vero, speravo che gli piacessero gli uomini. Sarebbe stato di gran lunga più facile andare a parlargli."

Cassie si strofinò le labbra l'una contro l'altra. Sapeva che a Gabriel non sarebbe piaciuto quello che stava per dire.

"Penso che sappiamo entrambe che devo andarci io, a parlare con lui," disse. "Non disturbarti nemmeno a controbattere. Lo sai che ho ragione."

Gabriel strinse gli occhi infastidito, ma Cassie capì che aveva vinto questo round.

"Tre minuti," disse Gabriel. "E farà meglio a non toccarti, se gli piace avere le mani attaccate al corpo."

"Respira," disse Cassie. "Anzitutto, io non sono nemmeno la tua compagna –"

Gabriel la zittì con un ringhio, le afferrò il viso e le diede un bacio veloce. Il breve contatto le mandò un brivido lungo la schiena, ma Cassie si ritrasse.

"Così non migliori la situazione," gli disse.

"Non ne ho l'intenzione," rispose Gabriel.

"Amico, qui non hai rivendicazioni da fare," disse Cassie facendo un passo indietro. "Adesso vado a parlare con quel Vampiro sexy, e tu te ne starai buono qui, e prova a non rovinare le mutandine della barista. Capito?"

Prima che Gabriel potesse dire qualcos'altro, Cassie si allontanò attraverso la pista da ballo con ampie falcate, ondeggiando in mezzo ai corpi che affollavano la sala. Cassie catturò immediatamente l'attenzione di Asangel, e fece di tutto per non arrossire, mentre il bel vampiro dagli occhi di ghiaccio la squadrava da testa a piedi. Il suo apprezzamento sembrava essere onesto e genuino, e quando Cassie lo guardò negli occhi si scoprì lusingata dalla curiosa voglia che vi scorse.

Cassie giocò le sue carte al meglio delle sue possibilità, muovendo i fianchi mentre si avvicinava al Vampiro, un sorrisetto compiaciuto sulle labbra. Quel suo atteggiamento spavaldo doveva aver funzionato, perché due delle ammiratrici di Asangel indietreggiarono mentre Cassie si avvicinava, lasciandole un po' di spazio per farla fermare a meno di mezzo metro di distanza.

"Ti piace il vino?" gli chiese mettendosi una mano sul fianco e dandogli a sua volta uno sguardo di apprezzamento.

Asangel inarcò appena le sopracciglia, e un sorriso gli sollevò gli angoli delle labbra.

"Moltissimo," disse con un pesante accento dell'est Europa. "È uno dei miei blend favoriti. Ti ringrazio."

Cassie gli diede un sorrisetto suggestivo e poi stese la mano per presentarsi.

"Cassandra," disse.

"Lo so chi sei, Oracolo," disse lui allargando il sorriso, mentre le afferrava la mano e premeva il pollice contro il polso inguantato per accarezzarlo, lì dove batteva il cuore. "Mi chiamo Ciprian."

"Anche io so chi sei," disse Cassie bluffando e sorridendo a sua volta. L'Oracolo dentro di lei si innalzò, mandandole la brevissima visione di un Ciprian dall'aspetto più gentile che offriva il proprio collo a una bellissima brunetta. La donna nella visione sollevò un sopracciglio e scoprì i canini per affondarli nel collo di Ciprian, ed entrambi gemettero estasiati.

Cassie ispirò e sbatté le palpebre per scacciare quella visione. Non poteva esserne certa, ma pensò di aver appena assistito alla trasformazione di Ciprian da umano in Vampiro. Ciprian non fece altro che sbattere le palpebre, ma Cassie scorse i canini nel suo sorriso.

"Signore, andate a prendervi da bere. Penso che l'Oracolo – Cassandra, ecco, penso che si meriti un po' di privacy," disse Ciprian facendo cenno al suo gregge di andare via.

Sloggiarono lanciando delle occhiatacce a Cassie. Ciprian la condusse attorno alla pista da ballo per raggiungere il suo privé. Attese che Cassie si infilasse dietro al tavolo per sedersi sul divano e la raggiunse sedendosi di fianco a lei.

Quando Ciprian si sistemò vicino a lei, era così vicino che le loro ginocchia si toccavano. Cassie raccolse tutta la sua forza per mantenere un'espressione neutra, senza dargli niente di più di un'espressione di attesa. Che fosse maledetta se avesse permesso a un Vampiro di arruffarle le piume, specie quando lui non stava facendo altro che testare la sua tempra.

"Vuoi qualcosa, Oracolo. Riesco a percepirlo," disse Ciprian sporgendosi in avanti per inalare il suo odore.

"Tutti vogliono qualcosa," disse Cassie incrociando le dita sulle ginocchia e stringendole fino a farsi sbiancare le nocche.

"Mmm," mormorò Ciprian. Allungò una mano e le accarezzò una ciocca dei capelli scostandola dalla tempia e infilandola dietro l'orecchio. Le accarezzò il collo con il dorso di due dita, facendola sobbalzare. "Suppongo che sia così. Dimmi, Oracolo, che cosa succederebbe se ti assaporassi? Pensi che sarei in grado di sbirciare nel mio futuro?"

Cassie agì d'istinto e scacciò la mano di Ciprian. Ciprian si accigliò e indietreggiò di qualche centimetro.

"Faresti meglio a imparare la buona educazione, piccola indovina," la informò.

"Guarda il bar," disse Cassie basandosi sull'istinto. "I tre tizi muscolosi che ci stanno osservando. Suppongo che tu sappia chi siano."

Il sorriso di Ciprian si affievolì.

"Mi chiedevo il perché dell'interesse dei Guardiani," disse Ciprian con un sospiro. "Per non menzionare il fatto che puzzi di orso."

Cassie fece per ribattere, ma poi scosse il capo. Era meglio non dargli corda.

"Voglio sapere dove Pere Mal nasconde le sue ragazze," disse Cassie andando dritta al punto.

Le sopracciglia di Ciprian si sollevarono, e lui rise in modo sguaiato.

"Lo conosci, quel detto? Che la gente all'inferno vuole un bicchiere d'acqua ghiacciata," le disse con un sorriso divertito. "Sei una sciocca, se pensi che ti darò quest'informazione in cambio di niente."

Cassie strinse gli occhi, ma sapeva che Ciprian aveva ragione.

"Facciamo uno scambio, allora," suggerì.

Ciprian le diede un altro sorriso diabolico.

"Un assaggio dell'Oracolo?" chiese agitando le sopracciglia.

Cassie sbuffò.

"Nemmeno per sogno," disse. "Pensavo a qualcosa di più simile a una profezia. Un'unica profezia, qualcosa che posso tirar fuori senza dover fare sacrifici di sangue."

Con sua enorme sorpresa, Ciprian si calmò. Le guardò pensandoci su, poi annuì lentamente.

"Anche io sto cercando qualcuno," disse in tono confidenziale. Le afferrò il polso e la avvicinò a sé per sussurrarle nell'orecchio: "*Kieran il Grigio.*"

Sentendo quelle parole, un accenno di inquietudine le invase la pelle. Tirò via il polso e si acciglio. Non sapeva perché, ma quando chiuse gli occhi e si concentrò su quello strano nome, si sentì tesa, a disagio.

Vide un paio di occhi verdi e dorati. Una figura avvolta nella nebbia, nell'ombra... un'indaffarata strada di città, di notte, piena di gozzovigliatori, e una banda di ottoni...

Spalancò gli occhi e sussultò.

"È in città!" disse.

"Sai dove?" disse Ciprian leccandosi le labbra e sporgendosi in avanti.

"Prima dammi l'indirizzo," disse Cassie scuotendo il capo.

"Ha delle proprietà sparse qui e là," disse Ciprian sollevando una mano non appena Cassie cominciò a lamentarsi. "Senti, non so dove tiene le ragazze ma, se dovessi tirare a indovinare, le ha trasferite in qualche posto pesantemente protetto. Non so dirti quale, ma posso darti una lista di quelli più probabili. Chiederò a una delle ragazze di scrivere gli indirizzi e di dare la lista al bel guardiano dai capelli biondi appostato nell'angolo laggiù."

Ciprian fece un cenno del capo verso Aeric, che infatti la stava guardando dall'angolo della stanza, freddo come il ghiaccio.

"Va bene," disse Cassie. "In questo momento il tuo uomo si trova su Frenchmen Street, che osserva la folla."

"È a caccia, si direbbe," disse Ciprian. Sorrise in modo macabro e poi la sciocco rubandole un bacio.

"Mmf!" protestò Cassie.

"Consideralo un favore personale," disse Ciprian ritraendosi. Poi le fece l'occhiolino.

Cassie fece per protestare, ma mezzo secondo dopo qualcuno le stava urlando di uscire dal privé. Prima che riuscisse a capire cosa stava succedendo, Ciprian era sparito e lei si ritrovò tra le braccia di Gabriel.

"Stai bene?" chiese Gabriel portandola nel lato più lontano del bar e facendola sedere in un angolo poco illuminato. "Ti ha fatto del male?"

"Sto bene," disse Cassie guardando Gabriel che la teneva intrappolata contro il muro. "Gabriel, sto bene. Te lo giuro."

"Bene," disse Gabriel, e il bacio che le diede subito dopo consumò tutti i suoi pensieri.

6

Nel momento esatto in cui le sue labbra toccarono quelle di Cassie, Gabriel sapeva di essere spacciato. Cassie sembrava così piccola e fragile mentre lui la sovrastava col suo corpo enorme. Avanzò fino a quando le sue labbra e il suo petto non la bloccarono contro il muro. Gabriel le afferrò il viso con una mano e usò il pollice per sollevarle il mento, così da avere un accesso migliore a quella sua bocca dolce.

Cassie aprì le labbra per la lingua e i denti di Gabriel, e le loro lingue si incontrarono con timidi tocchi. Il suo toccò la ravvivò. Gli avvolse il collo con le braccia e affondò le dita nei suoi capelli folti, e l'orso di Gabriel si sentì immensamente soddisfatto.

Il suo orso, di solito un partner silenzioso nella loro esistenza condivisa, manifestava il suo apprezzamento nei confronti di Cassie in modo sfacciato. L'orso amava il suo profumo speziato di vaniglia che si deponeva in cima all'odore muschiato della sua eccitazione. L'orso amava il suo corpo, forte e prosperoso, e i vestiti sgargianti con cui ricopriva quelle curve. E, più di tutto, l'orso amava le sue ciocche indomite. Gabriel e l'orso condividevano un intenso desiderio di scoprire che aspetto avevano sparse sul cuscino di Gabriel mentre lui la faceva gridare di piacere.

La divorò con le i denti e le labbra, la sua mano libera risalì lungo il suo fianco per afferrarle un seno. Le sue dita trovarono il capezzolo sotto il materiale leggero del suo vestito dorato, ne strinse la punta turgida, e dalle labbra di Cassie fuggì un sussulto sorpreso.

Guardò il suo viso con attenzione, provando a capire cosa le piacesse e cosa potesse sopportare. Il desiderio che scorse nei suoi occhi gli fece indurire il cazzo. Se le piaceva il suo tocco poco cortese, allora sarebbero andati più che d'accordo.

Spingendo da una parte i pensieri riguardo l'accoppiamento e la compatibilità, Gabriel decise di vedere fino a che punto poteva spingersi. Se a Cassie le piacevano le cose piccanti, allora avrebbe fatto del suo meglio per farla eccitare.

La musica pompava intorno a loro, la stanza si faceva sempre più buia mentre i ballerini si contorcevano al ritmo pulsante. Gabriel fece inclinare Cassie all'indietro e le morse la linea che andava dalla spalla alla mascella, le succhiò il lobo dell'orecchio fino a farla gemere, il petto che si alzava e si abbassava pesantemente. Le passò le mani sui seni, facendo scivolare le dita lungo la scollatura profonda del vestito, stuzzicando la carne nuda che vi trovò.

Le mani di Cassie esploravano il suo corpo. Affondò le unghie attraverso la giacca dello smoking. Gli sfilò la camicia dai pantaloni e vi infilò le mani sotto per esplorare il suo stomaco, i fianchi e la schiena. Una delle sue mani si abbassò per afferrare l'erezione sotto i pantaloni, e i suoi occhi si accesero di interesse sentendo quanto era lungo e grosso.

La sua esplorazione, il modo in cui fece correre la lingua sul suo labbro inferiore mentre gli massaggiava il cazzo, il profondo rossore delle sue guance e del petto... Gabriel accolse la sua eccitazione a grandi sorsate. La baciava e le accarezzava le cosce, su e giù. Afferrò il tessuto metallico con entrambe le mani e piano piano tirò su il vestito fino a quando non trovò la pelle nuda.

Cassie emise un suono soffice, e Gabriel non sapeva se si trattasse di eccitazione, di insicurezza, o di entrambe le cose.

"Shhh", le sussurrò rompendo il loro bacio e appoggiando la fronte sulla sua.

Cassie si fermò mentre lui la toccava in modo così intimo, le sue dita si arricciarono per toccarle il sesso attraverso le mutandine.

"Gabriel!" sussurrò guardandolo senza fiato. "C'è della *gente!*"

"Ah sì?" chiese Gabriel, risalendo con le dita fino ad agganciare l'elastico delle sue mutandine. "Temo di avere occhi solo per una persona."

"Ma possono vederci! Possono vedere me," disse Cassie mordendosi il labbro.

"Dubito di essere l'unico mutaforma che sta palpeggiando la sua compagna qui dentro," disse Gabriel sollevando un sopracciglio.

La bocca di Cassie si imbronciò.

"Io non sono la tua compagna," gli disse, per niente divertita.

"Cass..." Gabriel fece una pausa e le diede un bacio possessivo e feroce, le dita di nuovo sulle sue mutandine per esplorare lì dove il tessuto avvolgeva il suo sesso bagnato. Cassie sospirò e arricciò le labbra. Gabriel scostò il tessuto per toccare le sue labbra calde e bagnate, gemendo mentre la baciava e la sentiva per la prima volta. Si spostò in modo da tenere fuori gli sguardi indiscreti. Non voleva che nulla rovinasse la perfezione di quel momento.

Sentì che ogni resistenza in lei svaniva. Infilò un dito

sotto le mutandine per esplorarla. Disegnò lentamente un cerchio sul suo clitoride e Cassie interruppe il bacio per gettare la testa all'indietro e sbattendo contro il muro. Non se ne accorse nemmeno; si lasciò scappare un sussulto smozzicato e una serie di *mmmm* sexy che mandarono Gabriel fuori di testa.

A Cassie bastava il tocco delle sue dita per bagnarsi, e Gabriel sapeva che dove prendere di più, darle di più. Le passò la lingua sulle curve sensibili dell'orecchio, mordendole deciso il lobo dell'orecchio mentre le infilava un altro dito nella figa incredibilmente stretta. Cassie inarcò la schiena. Il suo corpo accettò l'invasione e lanciò un grido. Si afferrò un seno attraverso il vestito e Gabriel desiderò che quel dannato indumento non fosse così elegante, perché impazziva dalla voglia di strapparlo e di leccarle e succhiarle i seni.

"Cazzo, ti voglio, Cass," le sussurrò Gabriel nell'orecchio.

"Prendimi," sospirò lei. "Non mi importa, te lo giuro."

Per un brevissimo istante, Gabriel pensò di farlo. Sbottonarsi i pantaloni e scopare Cassie contro il muro era una delle cose più eccitanti a cui potesse pensare. Il suo calzò pulsò per la voglia. Ma Cassie sarebbe stata la sua compagna, un giorno, e lui non poteva permettere che la loro prima volta avvenisse davanti a un pubblico. Era un pensiero allettante, ma non era la cosa giusta da fare.

Invece la penetrò con le dita, girando la mano all'insù così da poterle massaggiare il clitoride con il pollice. Piegò le dita per massaggiarle le pareti interne fino a quando i suoi umori non gli ricoprirono il palmo della mano. Cassie ansimava e si scuoteva sotto il suo tocco.

"Vieni per me, Cass," la istruì Gabriel dandosi da fare sul suo clitoride, sapendo che tra pochi secondi si sarebbe scatenata. "Non è così, cara? Lo so che ci sei quasi…"

Gabriel abbassò la testa e le diede un morso lungo e forte

lì dove il collo incontrava la spalla. Cassie fu percorsa da un brivido e gridò contraendo le cosce, e poi esplose attorno alle sue dita in un'ondata di convulsioni.

"Cristo, Gabriel," gli sussurrò, mentre lui ritraeva gentilmente la mano e le rimetteva a posto le mutandine prima di lasciare che l'orlo del vestito le ricadesse ai piedi.

Le avvolse la vita con il braccio. Voleva tenerla nella loro bolla privata per qualche altro istante. Cassie cercò le sue labbra per un soffice bacio, poi appoggiò la testa sul suo petto. Gabriel affondò il naso nei suoi brillanti capelli rossi, evitando l'elegante decorazione dorata che le circondava le ciocche. Respirò a pieni polmoni inalando il suo profumo intossicante, sospettando che le cose tra loro fossero cambiate drasticamente.

La sua voglia di prenderla continuava a crescere, il bisogno rafforzato dal suo tocco, dal vederla gridare e venire grazie alla sua mano. La sua compagna.

"Gabriel?" disse Cassie muovendo le labbra contro il suo petto, la sua voce così bassa che si sentiva a malapena sopra la musica.

"Sì, cara?" La parola gli scivolò dalle labbra per la seconda volta nel giro di qualche minuto, e Gabriel si sorprese a fare una smorfia.

"Portami a casa... alla Villa, intendo," disse lei lasciando cadere la sua testa da un lato così che Gabriel potesse vedere la sua espressione. Era differente da quella che aveva visto prima. Stanca. Ma anche... vulnerabile.

Una minuscola parte di Gabriel gli gridò di scappare, di scappare lontano prima di mandare tutto all'aria, prima di far del male a una creatura tanto perfetta. Ma un'altra parte, ben più grande, la parte egoista, famelica e solitaria, le sorrise in modo radioso e le annuì.

"Certo," disse prendendola tra le braccia.

Cassie gli si avvinghiò, mentre lui la portava fuori dal

locale, senza fermarsi nemmeno per trovare gli altri Guardiani. Chiamò la macchina e, non appena salirono sui sedili posteriori del SUV, Cassie si addormentò, le labbra sorridenti.

Non si era mai sentito così lacerato. Persino nel suo momento peggiore, quando aveva consegnato la sua vita a Mere Marie in cambio della vita di sua sorella, sapeva cosa doveva fare. Era stato lui che si era messo a giocare con una magia che non poteva controllare e che aveva ucciso sua sorella; avrebbe fatto qualsiasi cosa pur di salvare Caroline, e aveva pagato la sua stoltezza a caro prezzo. Sua moglie se ne era andata, e ora...

Ora, non era un uomo libero. Prima di ogni altra cosa, era un Guardiano. Scegliere o rifiutare Cassie era facile, una decisione ben ponderata, aveva tenuto conto dei suoi errori passati e della sua lealtà a Mere Marie.

Non avrebbe mai dovuto toccare Cassie, nemmeno con un dito.

Ma poi, la guardò, e qualcosa dentro di lui si rifiutava di spingerla via. Nello spazio di pochi giorni, aveva cominciato a perdere la concezione di sé stesso, la concezione di tutto tranne che dell'orso mutaforma che desiderava la sua compagna. Lui la voleva, ma aveva già dimostrato che non ci si poteva fidare di lui, quando si trattava di prendersi cura di una donna, non importava quanto forti fossero i sentimenti che provava nei suoi confronti.

Sembrava che Gabriel fosse morto. Quello era l'unico modo per spiegare perché gli fosse stata data una compagna, una cosa già di per sé abbastanza rara. Ma *questa* compagna, questa bellezza delicata, bella abbastanza da tentarlo irrevocabilmente – la morte stessa era l'unica spiegazione per questo strano corso di eventi. L'unico problema era che, se fosse morto per davvero, non era sicuro di dove sarebbe finito: in Paradiso o all'Inferno?

Guardò la donna che dormiva tra le sue braccia. Non riusciva a decidersi.

"Ah, guarda chi si è svegliato!" La presa in giro di Echo fu la prima cosa che Gabriel udì quando entrò nell'area comune un giorno e mezzo dopo.

Dopo il tuo piccolo tête-à-tête con Cassie all'interno del club, Gabriel era finito col rimboccarle le coperte nella camera degli ospiti della Villa. Quando poi era ritornato nella sua stanza, non aveva fatto in tempo a togliersi il papillon che Aeric gli aveva inviato un messaggio per avvertirlo che c'era un'emergenza con i Kith. Serviva tutto l'aiuto possibile.

Gabriel, Aeric e Rhys si ritrovarono tutti e tre impegnati con un attacco dei Vampiri e delle attività sospette all'interno del cimitero di San Luigi che poi si rivelarono essere solo un branco di ragazzini che facevano casino. Infine, avevano passato un bel po' di tempo a dare la caccia e a mettere in gabbia un lupo mannaro fuori controllo sguinzagliato vicino a una scuola elementare. E, in cima a tutto questo, Gabriel era riuscito a dormire solo poche ore prima di dover ricominciare con il proprio giro di pattuglia. E quindi, una volta che era riuscito a infilarsi nel letto poco prima dell'alba, aveva dormito molto più del normale.

Gabriel guardò l'orologio che aveva al polso.

"Che... sono solo... le due del pomeriggio," disse ad Echo, entrando nella zona con la cucina.

Quasi non riuscì a credere a quello che vide. Echo ed Aeric erano seduti su degli sgabelli intorno all'isola in mezzo alla cucina e guardavano divertiti Rhys e Cassie che indossavano due grembiuli blu a pois. Il grembiule si addiceva a Cassie, la aggraziava, ma a Rhys stava piccolo in modo ridicolo. Dallo sguardo di Echo, Gabriel indovinò che era stata proprio lei a costringerlo a indossarlo e che ora si stava godendo il frutto del suo lavoro.

Cassie e Rhys erano in piedi davanti ai fornelli di fronte all'isola, ognuno mescolando la propria enorme pentola piena di un fragrante liquido marrone. Duverjay aleggiava dietro di loro e li guardava con ansia. Se fosse perché aveva paura del casino che stavano combinando o perché temesse che qualcuno potesse usurpare il suo posto di miglior cuoco della villa, Gabriel non lo sapeva, ma il maggiordomo sembrava stressato in modo indicibile.

"Che combinate?" chiese Gabriel mettendosi a sedere.

"La tua signora ci sta facendo vedere come si prepara il gumbo," disse Rhys. Gabriel soffocò un sorrisetto di fronte al modo in cui lo scozzese storpiava la parola creola. La faceva sembrare la cosa più strana del mondo.

Cassie incrociò lo sguardo di Gabriel e gli sorrise velocemente, poi abbassò gli occhi sulla sua pentola.

"Mescola!" disse sgridando Rhys. "Altrimenti il roux si brucia!"

"Echo, tu non partecipi alla competizione?" chiese Gabriel. "Sei di queste parti. Tutti quelli di New Orleans sono nati cucinando i classici della cucina creola, no?"

Rhys provò a nascondere – fallendo – la sua risatina con un colpo di tosse. Echo gli fece la linguaccia e poi rispose: "Ti dirò, non sono esattamente una cuoca."

"La scorsa settimana ha fatto bruciare la zuppa," informò tutti Duverjay guadagnandosi la sua occhiataccia personale da Echo. "La zuppa in scatola."

"Quel tipo di zuppe richiedono un elevato grado di attenzione, e qualcuno mi ha fatto distrarre," protestò Echo, guardando Rhys con occhi pieni di risentimento. "Non è stata colpa mia."

Aeric fece un suono divertito, che corrispondeva al suo solito grado di interazione nelle situazioni sociali. Gabriel guardò per un attimo il Guardiano dai capelli biondi, chiedendosi quando la sua mente avesse cominciato a chiudersi. Ma Cassie presto attirò tutta l'attenzione di Gabriel.

"Va bene, va bene!" gridò dando di gomito a Rhys. "Mescola più veloce! Duverjay, dammi le verdure. È giunto il tempo della Santissima Trinità."

"Chiedo scusa?" disse Gabriel, sporgendosi in avanti per sbirciare cosa ci fosse dentro la pentola di Cassie. "Vuoi metterti a pregare per la zuppa?"

"Anzitutto, il gumbo non è una zuppa," disse Cassie continuando a mescolare come una pazza. Si fermò solo quando Duverjay fece cadere mezzo tagliere di verdure tagliate finissime nella pentola. "Duverjay, adesso abbiamo bisogno dei cucchiai di legno. E, Gabriel, la Santissima Trinità sono la cipolla, il peperone e il sedano. La base di ogni piatto creolo."

"Niente aglio?" chiese Echo, guardando Rhys che accettava la stessa quantità di verdure dalle mani di Duverjay. Il maggiordomo diede a entrambi i cuochi un cucchiaio di legno.

"Mescola, ma lentamente," disse Cassie, mostrando a Rhys come doveva fare. Guardò Echo con un flebile sorriso. "Non possiamo mettere l'aglio troppo presto, altrimenti sovrasta tutto. Prima lo cuociamo per due ore, come faceva mia mamma..."

Cassie tacque e si schiarì la gola terminando la frase di colpo. Un silenzio pesante gravò sulla stanza fino a quando Echo non lo ruppe.

"Almeno tu sai cucinare!" disse Echo, la sua voce fin troppo squillante. "Non sai quanto ti ammiro."

"Ha un buon odore," aggiunse Aeric.

Gabriel era d'accordo. Da quanto era arrivato aveva mangiato il gumbo una volta sola, ma non era neanche lontanamente buono quanto il profumo del miscuglio mezzo finito di Cassie.

"Dobbiamo ancora aspettare due ore?" disse deluso.

"Penso che Duverjay ha preparato della charcuterie per tutti quanti," gli disse Echo. Tutti quanti la guardarono confusi e lei spiegò: "Carne e formaggio e cracker e altra roba. Olive e marmellate e uva e altra roba… sentite, non lo so, non gliel'ho dato io il nome!"

"Penso che adesso possiamo aggiungere il brodo di pollo e lasciarlo cucinare," disse Cassie. "E poi mi si stanno stancando le braccia. Dovrei preparare il gumbo ogni giorno, tanto per tonificare i muscoli delle braccia."

"Se avete finito, lasciate che sia Duverjay a occuparsi di mescolare e tutto il resto. Sembra ansioso di rendersi utile," disse Echo guadagnandosi uno sguardo grato del maggiordomo silenzioso. "Noi spostiamoci nel salone."

Dopo che Rhys e Cassie cedettero i cucchiai di legno a Duverjay, il gruppo si spostò sugli ampi divani del soggiorno. Tutti andarono a sedersi attorno all'ottomano su cui erano poggiati numerosi piatti e l'enorme vassoio con la charcuterie. Aeric si sedette da solo, ed Echo e Rhys reclamarono il divano più grande, accoccolandosi senza nemmeno un accenno di rimorso.

Per un momento Cassie e Gabriel si guardarono intensamente negli occhi e, dopo una breve pausa, si sedettero vicini su un divanetto. La combinazione tra i fianchi larghi di Cassie ricoperti da un'ampia gonna e il corpo muscoloso di Gabriel fece sì che i due si ritrovassero quasi ammassati l'uno contro l'altra. Non appena le loro cosce si toccarono, Gabriel inalò con forza il dolce profumo di Cassie e perse completamente il filo del discorso.

"Hai provato questo?" chiese Cassie, toccando il ginocchio di Gabriel con il suo e indicando un pezzo di formaggio nel suo piatto.

"No. Dovrei?" chiese Gabriel sollevando un sopracciglio.

Cassie fece una smorfia comicamente amara e scosse il capo.

"Cacchio se è *foooooorte*," disse. "Le noci pecan candite sono buone, però."

"Mi ricorda un po' di quando ero un adolescente a Londra," disse Gabriel indicando il cheddar inglese. "La colazione del contadino, la chiamavano. Un pezzo di pane, un pezzo di formaggio, e una pinta di birra."

"Non sapevo che tutti fossero così ben nutriti," disse Cassie. Dopo averlo detto si bloccò per un secondo, chiaramente capendo come suonasse quell'affermazione, ma Gabriel ridacchiò.

"Oh, noi non lo eravamo, credimi. Ma mia sorella sapeva il fatto suo..."

Duverjay portò un vassoio con dei bicchieri da vino e sia Cassie che Gabriel ne presero uno. Duverjay versò loro del vino rosso, ma nessuno di loro due fece per prenderne un sorso.

"La gente vi dava del cibo?" chiese Cassie, lo sguardo sorpreso.

"Ah, no. Ma aveva la mano svelta. Poteva rubare qualsiasi cosa che non fosse bullonata a terra," ricordò Gabriel con un sorriso.

"Fantastico. Voglio dire, non è fantastico, ma... sono felice che badasse a tutti e due voi. Come hai detto che si chiamava tua sorella?"

"Caroline," disse Gabriel. Il nome gli si appiccicò in gola.

"Beh, a Caroline," disse Cassie tintinnando il proprio bicchiere contro quello di Gabriel. "Sembra una ragazza meravigliosa. La famiglia è... beh, io non ho ancora una, ma è la cosa più importante del mondo."

"Ho perso i miei genitori quando ero piccolo, e Caroline era tutto il mio mondo. Era una vera forza della natura, ma ho sempre sperato che..." Gabriel non riuscì a finire la frase, insicuro di dove fosse diretto.

"Neanche io vado benissimo sul fronte genitori," disse Cassie guardandolo con empatia. "Ho sempre pensato... non lo so. Farò meglio con la mia di famiglia, sai, no? È l'unica cosa che posso fare."

"Esatto," disse Gabriel sistemandosi sul divano. Parlare con la sua presupposta compagna della famiglia che voleva avere un giorno lo metteva a disagio, più che altro perché Gabriel stesso desiderava disperatamente la stessa cosa. Eppure, si conoscevano da troppo poco, erano troppo insicuri per affrontare un discorso del genere. Un giorno, forse...

L'indecisione che tormentava Gabriel lo fece quasi gemere. La voleva, non la voleva. Voleva scoparla, e poi ecco che pensava ai bambini che ancora non aveva... era ridicolo. Aveva bisogno di prendersi le proprie responsabilità e di smetterla di comportarsi da ragazzino innamorato.

Cassie era solo una ragazza, come qualunque altra ragazza. Forse era più bella e più seducente di tante altre. E il suo profumo... sì, gli provocava un'erezione continua.

Ma quello non voleva dire che era pronto a impegnarsi per tutta la vita, no? Non voleva dire che Cassie dovesse contare su di lui, quando lui avrebbe potuto deluderla.

La conversazione continuò volteggiando attorno a lui, e lui si prese un momento per assorbire il tutto. Aveva una bellissima rossa al suo fianco, premuta così vicina a lui da poter sentire il tepore che emanava. Aveva i suoi compagni a guardargli le spalle. Aveva un lavoro, una casa. Aveva un maggiordomo, Cristo Santo. Avrebbe dovuto considerarsi l'uomo più fortunato del pianeta, specie considerando le sue umili origini.

E allora perché si sentiva così incompleto, non finito? E

perché – oh, perché? – il solo pensiero di sentirsi in completo gli faceva voltare lo sguardo verso Cassie?

Sorseggiando il suo vino, Gabriel si costrinse a partecipare alla conversazione, incapace di considerare l'argomento anche solo per un altro secondo. Cassie era bellissima e divertente e gentile, ma niente di più. Non per lui.

Gabriel non avrebbe mai preso una compagna, per il bene di Cassie e per il suo.

7

"Se solo riesco... a trovare..." mormorò Cassie a sé stessa spiegando con gentilezza una mappa sull'enorme tavolo nello studio di Gabriel.

Durante l'ultima settimana, aveva cominciato a fare come se fosse a casa sua nella stanza degli ospiti di Gabriel e nel suo ampio salone, che consisteva in un paio di scrivanie ammassate contro la finestra, un paio di armadi impolverati e una collezione labirintica di materiali di ricerca. Gabriel aveva riempito ogni centimetro della stanza con librerie che arrivavano al soffitto, fasci di mappe e rotoli, e tavoli su cui erano ammucchiati ogni tipo di strumento magico conosciuto all'uomo e al Kith. La grande finestra era coperta da tende che oscuravano il sole e rendevano quasi impossibile trovare quello che si stava cercando. A Cassie ci volle più di un'ora per trovare il documento che stava esaminando adesso, e solo dopo che aveva speso giornate intere per imparare il "sistema" organizzativo utilizzato da Gabriel.

"Aha!" disse Cassie scovando un puntino sulla mappa e battendoci sopra il dito.

"Che cosa hai trovato?"

La voce calda e profonda di Gabriel gli fece fare una giravolta. Se ne stava appoggiato contro una libreria e la guardava. Portava una maglietta bianca attillata e un paio di pantaloni della tuta grigi dal cavallo basso. La maglietta era chiazzata di sudore, avvolgeva ogni centimetro delle braccia, delle spalle e del petto di Gabriel. Cassie dovette sforzarsi per non guardare la pelle nuda che si intravedeva tra l'orlo della maglietta e i pantaloni.

Nessun uomo dovrebbe essere tanto attraente o avere un così buon odore dopo che ha appena finito di allenarsi, ma Gabriel invece sì. Diamine.

"Ohhh…" disse Cassie dandosi un po' di tempo per rimettersi in sesto e non sbavare come un'idiota. "Stavo cercando i Cancelli di Guinee, quello che si pensa essere il portale verso il reame degli spiriti. Pere Mal è ossessionato da questi Cancelli, e ho cominciato a pensare se… se sono veri, forse corrispondono a un altro luogo di potere."

"Ad esempio?" chiese Gabriel, incrociando le braccia sul petto. L'orlo della sua maglietta rivelò un altro centimetro di pelle. Un centimetro davvero notevole.

Cassie si prese un momento per lisciare il suo prendisole di Alice + Olivia e per aggiustarsi i guanti di pizzo che le arrivavano al gomito. Si chiese se sarebbe stata ancora in grado di vestirsi in modo semplice. Gabriel era troppo sexy, qualunque cosa indossasse, e Cassie non poteva sopportare il pensiero di essere meno attraente di lui. Certo, questo significava che doveva passare un sacco di tempo a mettersi in tiro… ma, di nuovo, *mettersi in tiro* le piaceva, così come le piaceva sentirsi femminile.

"Cass?" la esortò Gabriel.

"Hm? Oh, uh… online ho trovato un po' di mappe di New Orleans. Mappe che indicano dove sono avvenuti i crimini, mappe dei cimiteri, vecchie mappe che mostrano come la città era un tempo. Ecco, guarda," disse afferrando un fascio di fogli che aveva stampato da Internet. Li sparse sul tavolo per farli vedere a Gabriel. "La parte cerchiata è dove i crimini paranormali sono più frequenti. Su quest'altra, ho segnato dove i Kith si stanziarono in origine, intorno al quartiere francese e lungo il fiume. E qui, sulla mappa del cimitero, puoi vedere dove si pensa che i baroni e i preti più importanti sono stati sepolti."

"I punti sono gli stessi su ogni mappa," disse Gabriel, sollevando un sopracciglio mentre assorbiva la scoperta.

"Sì. E guarda questa qui," disse Cassie, spostandosi verso la mappa più grande che stava esaminando prima. "Questa qui mostra dove vivevano le famiglie ricche in passato, quando New Orleans era ancora tutta circondata da piantagioni."

"Come uniamo i puntini?" chiese Gabriel.

"Beh, ho fatto qualche ricerca su Pere Mal. È ossessionato dalla sua storia personale e da quella dei suoi antenati. E quindi ho scavato un po' più a fondo, ho allisciato un paio di venditori che conosco a Grey Market, ho chiesto in giro… ho controllato le vecchie piantagioni e i posti dove si dice che un tempo vivesse la sua famiglia, e poi ho incrociato quei nomi con quelli sulla lista che ci ha dato Ciprian."

Gabriel la studiò per un momento. Sembrava sorpreso.

"Che c'è?" disse Cassie, facendo finta di essere offesa. "Non sono solo una cartomante scema, sai?"

"Non l'ho mai pensato, nemmeno per un istante," le promise Gabriel, sorridendo. "E quindi? A cosa sei giunta?"

"E quindi *guarda*," disse Cassie, indicando lo stesso punto su cinque mappe diverse. "Proprio qui, su quella che adesso è Prytania Street. Si dice che la madre di Pere Mal lavorava nella Piantagione Foucher. C'è un cimitero lì vicino, con un po' di tombe importanti, forse persino quella di Baron Samedi."

Gabriel sollevò un sopracciglio.

"Baron Samedi è quello che ha inventato l'indovinello dei cancelli di Guinee. "«Sette notti, sette lune, sette porte, sette tombe...» ricordi? Dovresti veramente tenerti aggiornato," sospirò Cassie. "Comunque. All'interno di questo quartiere c'è anche uno dei posti prediletti per i crimini paranormali, la casa dove i primi Vampiri arrivati qui a New Orleans tenevano le loro bare, e c'è anche un cacchio di cimitero indiano."

"E gli indirizzi di Pere Mal?"

Cassie puntò il dito sulla mappa più vicina, illuminandosi di orgoglio.

"Proprio al centro di tutto questo, ovviamente," si vantò. "Ha diverse proprietà in quest'area, ma secondo i registri pubblici questa è una delle case più vecchie dell'intera città. Penso che sia qualcosa di più di un investimento. È qualcosa di personale."

"E tu credi che... cosa, che ha messo la nuova Gabbia da qualche parte vicino al proprio cuore?" disse Gabriel, facendo due più due.

"Ciprian mi ha detto che di sicuro ha scelto un posto ben custodito. Penso che Pere Mal protegga un posto a cui tiene, no? Specie se l'avete già scacciato dall'altra casa." Si fermò per prendere un respiro, pensierosa. "A dire il vero, Alice lo ha scacciato. È lei che ha mandato il segnale."

"Un'amica tua, immagino."

"Probabilmente la mia unica vera amica," ammise Cassie facendo spallucce.

"Ah, non è vero. Io sono un tuo amico. E anche Echo, e Rhys," disse Gabriel. "E, per qualche motivo, sembri piacere anche a Cairn. A quel cavolo di gatto non piace mai nessuno. Solo tu e Mere Marie."

Cassie soffocò una risatina, quando vide Cairn alzarsi dalla libreria sulla quale si era rannicchiato, proprio dietro a Gabriel. Lanciò un'occhiataccia a Gabriel e fece cadere un librone dalla mensola. Gabriel fece un salto e lo guardò mentre si dileguava.

"Sta' attento," lo avvertì Cassie con un sorriso. "È un tipo furtivo."

Gabriel borbottò un'imprecazione e scosse il capo.

"Beh, ottimo lavoro. Dovresti pensare a farlo di mestiere," disse Gabriel. "Uh, non che tu abbia bisogno di un lavoro."

L'imbarazzo sbocciò tra i due e Cassie si trattenne dal gemere ad alta voce.

"Grazie," disse. "Adesso possiamo andare da Alice o cosa?"

Gabriel si accigliò.

"Devo prima parlare con gli altri Guardiani. Non ci andiamo senza avere un piano, e non portiamo le nostre..." Si fermò, e la parola *compagne* restò sospesa in mezzo a loro, prima che Gabriel si correggesse. "I Guardiani vanno da soli. Non vogliamo dover difendere te e attaccare gli sgherri di Pere Mal allo stesso tempo."

"Così mi offendi! So badare a me stessa. O l'Oracolo può farlo, quantomeno. Non lascerà che mi facciano del male, te lo assicuro."

"Temo che questo non basti," disse Gabriel con un sorriso disorientato. Guardò Cassie per un istante fin troppo lungo, poi i suoi occhi caddero sui suoi seni. Poi si schiarì la gola e allungò le mani per dare una goffa pacca sul braccio. "Bel lavoro con le mappe, però."

Cassie sospirò, frustrata dal suo tocco fugace. Si comportava così da tutta la settimana, squadrandola mentre pensava che non stesse guardando e poi facendo subito finta di essere indaffarato. Dopo il modo in cui l'aveva toccata al Bellocq, Cassie aveva pensato che forse, quantomeno, lui fossero interessato in qualcosa di fisico. E invece no. Giusto qualche bacio sulla guancia.

Non importava che negli ultimi giorni lei lo avesse sorpreso non si sa quante volte mentre si aggiustava i pantaloni per nascondere la sua eccitazione. Contorse la bocca e decise che lo avrebbe messo alla prova: voleva vedere quanto *professionali* fossero i sentimenti che provava verso di lei.

Gabriel si girò per andarsene, ma Cassie gli si avvicinò e afferrò l'orlo della maglia per bloccarlo.

"Aspetta," disse dolcemente.

Gabriel si voltò, e nel giro di pochi secondi la sua espressione da sorpresa si fece vogliosa e poi colpevole.

"Cass," disse avvolgendole la mano con le dita. Guardò la sua mano per qualche istante, lo sguardo incerto, poi la sollevò e le baciò il polso, proprio lì dove si sentiva il battito del cuore. Quando la lasciò andare, Cassie capovolse la situazione, gli afferrò il polso e lo attirò a sé.

Ovviamente, la corporatura muscolosa di Gabriel fece sì che Cassie tirasse il proprio corpo verso il suo, ma non aveva importanza. Gli gettò le braccia al collo e si sollevò sulle punte premendo le labbra sulle sue. Gabriel rimase fermo per un fugace istante, e poi rispose con un gemito e ricambiò il bacio con passione.

Nel giro di pochi istanti rimasero senza fiato, aggrappati l'uno all'altra, vogliosi l'uno dell'altra. Staccarsi dalle labbra di Gabriel fu quasi come morire, ma Cassie doveva capire cosa c'era tra loro due.

"Perché è tutta la settimana che mi eviti?" gli chiese, guardandolo in volto mentre cercava di riprendere fiato. "Lo so che mi vuoi."

Strofinò le labbra contro le sue, conscia che lui ce l'aveva duro.

"Cass, Cass," disse Gabriel. Il desiderio gli si leggeva negli occhi. "Io – io non so posso avere una compagna. È che... non posso..."

Cassie gli rubò un altro bacio.

"Non ho bisogno del per sempre," disse lei. "Forse non sono quel tipo di ragazza."

Gabriel indietreggiò, la sua espressione si scurì.

"Non dire così," ringhiò. "Non sei una qualunque..."

Cassie avrebbe voluto mettersi a ridere di fronte alla sua mancanza di parole per descriverla, ma si sentiva troppo frustrata.

"Forse sei tu uno che non è uno qualunque!" sbottò lei e si mise a ridere per quello che aveva detto. "Anzi, me lo rimangio. Secondo Cairn, da quando sei arrivato a New Orleans hai messo i tornelli fuori dalla tua camera da letto per gestire il traffico di squinzie."

Gabriel ebbe la decenza di sembrare alquanto imbarazzato.

"Non da quando ci sei tu qui nella Villa," disse lui.

"E pensi che questo mi faccia stare meglio? Ti sei scopato tutte... quelle sciacquette senza nome! Ma io? No, no. A me non mi tocchi nemmeno con una canna da pesca." Si liberò dal suo abbraccio e si imbronciò. "Se non è attrazione, e non un'avversione verso le attività... fisiche, allora devo dedurne che non ti piaccio proprio come persona."

Gabriel aprì la bocca, in volto un'espressione inebetita.

"Che cazzate!" urlò. "Certo che mi piaci. Eccome se mi piaci!"

"Davvero?" sbuffò Cassie. "Provalo."

Lei pensò che lui avrebbe colto l'occasione per consumare qualunque cosa ci fosse tra loro lì, all'istante, ma invece Gabriel la sorprese. Quel dannato idiota e il suo stupido, dolce cervello da romanticone.

"A cena," disse afferrandola per il polso e attirandola a sé.

La sua espressione irata cozzava con le sue parole, e Cassie lo guardò confusa.

"Tutto quello a cui riesci a pensare è a mangiare?" chiese.

"No. Io –" Gabriel si fermò e ringhiò scoprendo per un istante la sua dentatura perfettamente bianca. "Smettila di farmi perdere il filo. Sto provando a chiederti un appuntamento, fanciulla."

"Un appuntamento?" ripeté Cassie, corrucciando le sopracciglia.

"Sì. Col corteggiamento e tutto il resto. Tu, io, vestiti eleganti, e un ristorante di lusso," disse lentamente. "Mangiamo, pago io. Parliamo... e tutto il resto."

Cassie si lasciò scappare una risata incredula.

"Uh... okay. Non penso che tu sappia come comportarti durante un appuntamento, ma non vedo l'ora di vederti mentre ci provi," gli disse.

"Va bene! Ti vengo a prendere sulla soglia della camera degli ospiti," borbottò Gabriel. "Alle otto in punto."

"Va bene!" disse Cassie guardandolo con uno sguardo di sfida. Si liberò dalla sua presa. "Ci vediamo alle otto!"

Senza nemmeno guardarsi indietro, Cassie si precipitò dalla stanza e percorse il corridoio senza fermarsi. Entrò nella stanza degli ospiti sbattendosi la porta alle spalle. Solo allora si fermò, si appoggiò alla porta e penso a cos'era successo.

"Ho... un appuntamento?" si chiese ad alta voce. "Non ho mai avuto un appuntamento!"

L'eccitazione e il nervosismo e la gioia la inondarono tutt'insieme. Cassie affondò il viso tra le mani e lasciò uscire uno strilletto forte e carico di emozione. Si sorrise; sorrise alla sua stessa reazione; sorrise a tutta la situazione.

Dopo pochi istanti di celebrazione, si rimise in sesto. Gabriel le stava concedendo un po' di controllo, e lei aveva bisogno di sfruttarlo il più possibile. E, se voleva riuscirci, aveva bisogno di sbrigarsi, di trovare un vestito e gli accessori e...

Un altro strillo eccitato le scappò dalle labbra. Corse verso l'armadio e spalancò gli sportelli.

Aveva un appuntamento vero e proprio. E con Gabriel Thorne!

8

"Questa torta Doberge è troppa," disse Cassie sospirando soddisfatta, mentre spingeva via gli ultimi morsi del suo ricco dessert al cioccolato.

Gabriel ridacchiò guardandola attraverso il tavolo, ammirando la sua incredibile bellezza. Erano rintanati nel lato più lontano del giardino del Cafè Amelie, di gran lunga il patio più romantico di tutta New Orleans. Torce e candele illuminavano gli alti muri di rose, l'edera e i gelsomini che cascavano in onde fragranti e tutto il resto del giardino. Un talentuoso violinista locale se ne stava nell'angolo opposto aggiungendo un'atmosfera sognante a tutta la scena.

Gabriel però aveva occhi solo per Cassie. Cassie indossava un sinuoso vestito nero che le copriva il collo e il petto lasciando le braccia e la schiena raffinatamente scoperti. I suoi lunghi capelli rossi erano sciolti e le si poggiavano sofficemente sulle spalle come un mantello, e portava quello che Gabriel aveva imparato a riconoscere come il suo ombretto preferito, che le faceva risaltare i suoi occhi color tempesta.

"Vuoi andare via?" chiese lui, provando a nascondere il

fatto che stesse squadrando le sue forme come un adolescente arrapato.

"Certo," disse Cassie tirando su l'orlo dei suoi lunghi guanti neri di seta. Era come un riflesso condizionato, accertarsi che le sue cicatrici restassero sempre ben nascoste agli occhi di tutti. Gabriel le aveva viste, quelle cicatrici, e non erano belle, eppure non riuscivano a sminuire il suo splendore. E ora, dopo qualche bicchiere di champagne, Cassie arrossiva meravigliosamente e lo guardava con qualcosa di più di un leggero interesse.

Quel vestito, quello sguardo sul suo viso, il modo in cui gli sorrideva... erano sufficienti per fargli dimenticare tutti i suoi buoni propositi.

Infilò un grosso fascio di banconote sotto al piatto, si alzò e porse la mano a Cassie. La aiutò a mettersi in piedi. Lei lo sorprese utilizzando lo slancio per rubargli un bacio. Fu un veloce e giocoso strofinarsi di labbra, ma i loro corpi trovarono una connessione, i loro fianchi si premettero e Gabriel desiderò qualcosa di più.

Di più, di più, di più. Poteva mai averne abbastanza di Cassandra Chase? L'avidità di Gabriel nei suoi confronti cominciava a sopraffare la sua paura, anche se solo per un momento. O per tutta la notte...

"Pensavo che potremmo fare una passeggiata, immergerci nella vita notturna di New Orleans, dato che già ci troviamo nel quartiere francese..." disse Gabriel. "Vuoi camminare con me prima di prendere un taxi per tornare alla Villa?"

"Ma certo," disse Cassie prendendogli la mano e intrecciando le dita con le sue in un modo che fece stringere il cuore di Gabriel. "*Camminiamo.*"

Pronunciò quella parola imitando il suo accento, e Gabriel si mise a ridere. Uscendo dalla sua gola quel suono sembrava così strano, e gli venne da pensare che non aveva combinato granché da quando aveva lasciato... Londra. Non riusciva a pensare al giorno in cui se n'era andato, ma in qualche modo sapeva che ne doveva parlare con Cassie, che doveva spiegarle che lei si meritava qualcuno migliore di lui, un compagno migliore.

Uscirono dal giardino e si diressero verso il marciapiede.

"Oh, amo questa galleria," disse Cassie, mentre passavano vicino a un'enorme finestra affacciata su dei famosi dipinti. "E questo negozio di vestiti, Trashy Diva. Ho comprato decine di vestiti qui. Fanno molto anni cinquanta."

Cassie chiacchierava felicemente e Gabriel la ascolta distrattamente e colpevolmente, lo stomaco pieno di terrore mentre pensava al modo più adatto per dire a Cassie che non poteva darle quello che voleva. Camminarono fino a Jackson Square, dove Gabriel spinse Cassie verso una panchina di ferro piuttosto appartata.

"Sediamoci per un minuto," le suggerì. "Voglio parlarti."

"Uh, oh," disse Cassie sollevando le sopracciglia.

"Che c'è?" chiese Gabriel. Non riusciva a lasciarle andare la mano, o a scostare la coscia che toccava la sua.

"Suona male," disse facendo spallucce e distogliendo lo sguardo.

Gabriel si schiarì la gola. Non sapeva da dove cominciare.

"Cass, io sono un assassino," gli emerse dalla bocca con sua stessa sorpresa.

Cassie sgranò gli occhi e lo fissò. Strinse le dita attorno alla sua mano.

"Uh... cosa?" le chiese.

"Tutti i Guardiani lavorano per Mere Marie. Penso che tu lo sappia, no?" chiese Gabriel. Cassie annuì e basta e così lui continuò. "Io servo Mere Marie, perché mi ha salvato da un destino orribile. Essere appeso per il collo finché morte non sopraggiunga, lo chiamano."

"Continuo a non capire."

"Ho ucciso mia sorella Caroline. Pensavo di essere abbastanza potente da essere in grado di invocare e controllare un demone. L'incantesimo è andato storto, e Caroline ha pagato con la vita."

La comprensione si accese negli occhi di Cassie.

"Il tuo sacrificio, per dare potere all'incantesimo," disse annuendo. "Accade anche con l'Oracolo, a volte, si fanno degli errori. Io non ho mai accettato delle vite umane, però..."

"Dovevo sacrificare la mia abilità di mutare forma," le spiegò Gabriel passandosi una mano sulla bocca.

"Volevi rinunciare al tuo orso." Cassie lo guardò per un momento, e poi annuì. "Non penso che questo sia un omicidio."

Il petto di Gabriel si gonfiò di rabbia.

"Davvero? E come lo chiami? Non curanza? L'ho uccisa io, Cass. Era tra le mie braccia, fredda come la pietra, senza vita. Senza Mere Marie, Caroline sarebbe morta per sempre. E a causa *mia*." Si batté il pugno sul petto, il dolore lo dilaniava mentre ripensava ai suoi errori passati.

Cassie sembrò considerare le sue parole per un lunghissimo istante.

"Va bene," disse infine. "Mi dispiace che sia accaduto, Gabriel. E anzi sono contenta che Mere Marie abbia salvato tua sorella. Grazie per avermelo detto."

Sembrò essere sul punto di dire qualcos'altro, ma si fermò. Gabriel emise un sospiro frustrato. Lei aveva sentito quello che aveva da dire, lo aveva accettato, ma non riusciva a capire il perché della sua confessione.

"Cass," le disse Gabriel, stringendole la mano prima di ritrarla. "Non penso che tu capisca il perché di tutto questo."

"Vuoi confidarmi il tuo passato, no?" le chiese, stringendo gli occhi.

"Sto provando a spiegarti perché non posso avere una compagna," disse Gabriel. "La responsabilità di..."

"Responsabilità?"

"Di proteggerti," si spiegò Gabriel.

"Dimentichiamoci per un minuto delle cose ridicole che hai detto," disse Cassie lanciandogli un'occhiataccia. "Che cos'è che vuoi nella vita, Gabriel?"

Gabriel si zittì, pensoso.

"Non lo so," ammise.

"Cerchiamo di vedere il quadro completo. Tu, nel futuro, senza la colpa del passato. Se Caroline non fosse mai morta, se non avessi questo peso sulle spalle, che cosa vorresti per te stesso?"

Gabriel si prese un momento prima di rispondere. Provò a immaginarsi tra dieci anni, a immaginare che tipo di vita conducesse.

"Immagino... di aver sempre voluto una bella casa. Una grande famiglia," disse tanto a sé stesso quanto a Cassie. "Quando vivevamo in strada, ci piaceva inventare delle storie, parlare delle grandi feste che organizzavamo per Natale e roba del genere. Decine di bambini seduti attorno al tavolo, tutti felici e con la pancia piena. Per noi Yule è un periodo speciale."

Cassie gli sorrise dolcemente, e Gabriel si rattristò capendo che lei lo comprendeva fin troppo bene.

"Desiderare," disse Cassie annuendo. "E fare progetti. Ah, è una vita che non faccio altro... specie mentre ero nella Gabbia. Mi sentivo così sola, soprattutto durante le feste. Facevo la stessa cosa, fantasticavo su come un giorno avrei avuto la casa piena di festosi addobbi natalizi, e avrei fatto tutte le cose che i miei genitori non hanno mai fatto per me."

"Per i tuoi bambini, vuoi dire."

"Sì," disse Cassie. "Non voglio esagerare, ma... c'eri anche tu. Ti ho visto in una visione, in più di una, a dire il vero, e ti ho come accolto nei miei sogni. Non potevo sapere come saresti stato, la tua personalità, ma c'eri, lì, sullo sfondo."

Gabriel non era sicuro di come dovesse rispondere. Era una cosa dolce da sentire, ma anche sorprendente.

"Io –"

"No, no, lo so che è strano," disse Cassie scuotendo il capo. "È solo che... non voglio che tu te ne stia sullo sfondo, Gabriel. Ora che ti ho conosciuto, sei più meraviglioso di quanto non avessi mai immaginato. E se pensi che un giorno potresti trovare una compagna e metter su famiglia, io... vorrei essere io quella persona. O almeno vorrei provarci. Ma non voglio spaventarti."

"Cassie," disse Gabriel, sempre più frustrato. "Non sei tu il problema. Tu... tu sei perfetta. Non potrei mai trovare qualcuno migliore di te. Sono io il problema. Io... non mi fido di me stesso. Sei troppo preziosa, e non posso permettermi di deluderti. O, peggio, di metterti in pericolo. Guarda cos'ho fatto a mia sorella, per l'amore del Cielo."

Cassie aprì la bocca, chiaramente pronta a rassicurarlo, ma Gabriel udì un rumore e le mise una mano sul braccio per fermarla.

Snick. Snick. Sniiick.

Gabriel voltò un poco la testa e con la coda dell'occhio vide tre alte figure che si avvicinavano. Indossavano delle lunghe tonache nere e ondulate, i volti coperti dal cappuccio, e si muovevano quasi senza fare rumore.

Quasi.

Snick. Snick. Le loro tonache strusciavano sui sanpietrini della strada al di là di Jackson Square. Fu solo allora che Gabriel notò che la piazza era vuota. C'erano solo loro e... beh, non gli uomini, ma le creature che si stavano avvicinando.

"Demoni Kallu," disse Gabriel a Cassie. Cassie annuì sgranando gli occhi. "Dobbiamo scappare finché siamo in tempo."

Balzarono in piedi e Gabriel cominciò a correre tirandosi dietro Cassie. Svoltò a sinistra verso il cuore del quartiere francese, pensando che forse i demoni li avrebbero persi in mezzo a quel trambusto. Ma quando Gabriel si voltò, vide che i demoni erano sempre più vicini.

"Diamine," disse Gabriel imboccando un vicoletto.

"Gabriel," disse Cassie guardando i demoni dietro di loro. "Gabriel!"

Gabriel si girò e capì che senza volerlo avevano imboccato un vicolo cieco.

"Andiamo, andiamo," disse Gabriel spingendo Cassie verso il vicolo cieco. "Resta giù. Lasciami lavorare."

Non aveva la spada né la pistola, ma aveva la sua bacchetta. Non l'aveva usata su qualcuno fin da quel giorno con Caroline, non per invocare un altro incantesimo potente, ma sembrava che quello fosse il giorno adatto per ricominciare a usarla.

Gabriel si piazzò in mezzo al vicolo e agitò la bacchetta per far vedere ai demoni che sapeva come difendersi.

"Non vi conviene!" gridò. "Sono un Guardiano."

Le figure incappucciate rallentarono ma senza reagire al suo annuncio. Forse sapevano chi fosse Gabriel, forse erano state mandate proprio per lui. O, peggio, per Cassie.

Le creature si sparpagliarono e si avvicinarono, un bagliore giallastro cominciò a trapelare dalle loro tonache vuote. Senza le loro tonache, i demoni Kallu erano privi di forma, invisibili e quasi del tutto innocui. Qualcuno, qualcuno di veramente potente, aveva donato loro forma e potere.

Gabriel lanciò un incantesimo verso la creatura nel mezzo. La creatura si scansò con facilità.

"Cazzo," mormorò. Prima d'ora non aveva mai combattuto da solo con tre demoni, e quelle carogne erano veloci.

Continuarono ad avanzare, lanciando i loro incantesimi, e Gabriel si ritrovò presto invischiato nel combattimento. Gli ci vollero solo pochi minuti per capire che lo stavano mancando di proposito. Stavano giocando con lui...

E poi ne rimasero solo due. Gabriel guardò dietro di lui e vide che il terzo era alle sue spalle, costringendolo a rivolgersi con la schiena contro il muro.

I tre demoni lo obbligarono a indietreggiare fino a fargli quasi toccare il muro. Uno dei demoni lo colpì con un doloroso incantesimo che gli fece cacciare un grido.

"Cassie! Scappa!" le gridò, pensando che dopo aver finito con lui, i demoni avrebbero dato la caccia a lei. Guardò lungo il vicolo e notò che c'erano diverse porte abbastanza vicine a Cassie. Poteva raggiungerle senza avvicinarsi ai demoni. "Sfonda una porta!"

Uno dei demoni era più luminoso degli altri, e Gabriel riuscì a sentire che stava raccogliendo tutta la sua magia, si stava concentrando. Gli si avvicinò –

"*Ait kisathen*," disse una voce sibilante e sensuale.

Il demone si bloccò, si voltò e indietreggiò. Cassie era lì, a pochi metri da lui. Le gambe allargate, le braccia stese all'infuori, i capelli frustrati da un vento che toccava solo lei.

Solo che... non era Cassie. Un'accecante luce bianca le fuoriusciva dalla bocca, e poi parlò nella stessa lingua misteriosa e serpentina.

"*Kaitssssh. Kaitssssh! Memeshk blissst!*" gridò fortissimo. In lontananza rimbombò un tuono, saturando l'aria di anticipazione.

"*L'Oracolo*," si disse Gabriel. L'Oracolo aveva preso possesso del corpo di Cassie, stava proteggendo il suo messaggero. O stava proteggendo Gabriel, per chissà quale oscura ragione.

Dopo un istante, il bagliore giallo del demone avvampò di nuovo. Sollevò una mano come per attaccare Cassie. Prima che il demone potesse muoversi, ci fu un grido assordante e un fragoroso *CRACK*. Un lampo bianco lo accecò per un secondo. Gabriel balzò indietro e sbatté le palpebre per scacciar via lo shock momentaneo.

Poi capì che uno dei demoni era semplicemente... sparito. Cassie fece un passo avanti verso gli altri due che scapparono senza perder tempo. Sparirono prima che Gabriel riuscisse a fare mente locale, cercando di capire cosa fosse accaduto.

Di solito i demoni erano creature prive di emozioni, ma Gabriel poteva giurare di aver visto la paura nei due che Cassie non aveva... polverizzato, o qualunque cosa gli avesse fatto.

Aveva *spaventato* a morte un *demone*.

"Cass?"

Fino a un momento fa Cassie era ancora l'Oracolo. Fece un passo verso Gabriel, poi un altro, e ci volle tutto il coraggio di Gabriel per non scappare a gambe levate. Era una visione terrificante, fatta di luce accecante e tuoni fragorosi.

"Cass," disse di nuovo. Cassie gli afferrò il bicipite e lui si bloccò. Le sue dita lo strinsero come una morsa, le unghie gli affondarono nella carne attraverso i vestiti. La luce che fuoriusciva dagli occhi e dalla bocca avvampò, e Gabriel ebbe la netta sensazione che gli stesse succhiando via qualcosa, qualche sostanza.

L'Oracolo stava invocando una profezia.

Di nuovo dalla bocca di Cassie uscì una voce bassa e sinistra, un sibilo seducente.

"*Darai un figlio al messaggero,*" sussurrò l'Oracolo. "*Questo Messaggero porterà in grembo il prossimo Messaggero. Farai così, stregone. Il destino di molti è nelle tue mani.*"

"Farà cosa?" latrò Gabriel.

Ma ecco che già la luce dell'Oracolo cominciava a ritrarsi

dagli occhi e dalla bocca di Cassie, affievolendosi fino a scomparire. Cassie sbatté le palpebre e si accigliò.

"Cos'è successo?" chiese. Poi il suo volto si tramutò in un'espressione di terrore. "Oh, no... Si è impossessata di me, vero?"

"A quanto pare," disse Gabriel provando ad assorbire quanto era appena successo.

"Ho paura a chiederti cosa ha detto," disse Cassie mordendosi il labbro inferiore. "Non ti ha detto che stai per morire, vero?"

Gabriel scosse il capo.

"Non oggi, quantomeno," sospirò.

"E allora che cosa ha detto?" insistette Cassie.

"È – è una cosa privata," disse Gabriel. Non sapeva come dirglielo. Diamine, non era nemmeno sicuro di cosa volesse dire quella profezia. Cassie, una volta, gliele aveva descritte come «criptiche e arcane», gli aveva detto che l'Oracolo si pronunciava spesso in modo sibillino.

Eppure, questa volta l'Oracolo era stato chiaro e specifico. Non aveva recitato un indovinello, sebbene si potessero interpretare in più di un modo...

"Oh, ha detto qualcosa di personale. Caaaaaaazzo," disse Cassie. "Gabe, mi dispiace."

Gabriel si fermò per un secondo, riportato alla realtà dal diminutivo del suo nome. Gabe. Non lo sentiva da quanto era un ragazzino, ma suonava così dolce pronunciato dalle labbra di Cassie.

"Ehi," disse Cassie afferrandogli la mano. "Ricordati di quello che ti ho detto. Non si capisce sempre cosa vogliano dire quelle profezie. Certe sono dirette, ma tante altre sembrano senza senso."

Darai un figlio al messaggero. Non è che si poteva giocare molto sull'interpretazione. L'idea di avere una compagna da proteggere risvegliava le paure più recondite di Gabriel;

aggiungere un figlio all'equazione era francamente terrificante.

Eppure...

Si permise di immaginare, per un momento, come si sarebbe sentito. Si figurò Cassie che gli sorrideva radiosa, mentre si accarezzava la pancia rotonda, se le immaginò che cullava un bimbo in fasce, che confortava il figlio che avevano fatto insieme. Quel pensiero riesumò un qualche istinto sepolto dentro di lui. Avere una famiglia, una famiglia vera, qualcosa che la sua patetica infanzia non gli aveva mai concesso.

Quel concetto smosse Gabriel, rinfocolò il desiderio dell'orso verso Cassie. D'improvviso, il bisogno di reclamarla fu travolgente, e Gabriel rischiò di annegare nelle sue stesse meditazioni silenziose.

"Gabe," disse Cassie dandogli dei colpetti sulla gamba. "Va tutto bene, te lo prometto. L'Oracolo avrà detto un mucchio di cose che..."

"Ti ha protetta," disse Gabriel strappandosi dai suoi pensieri. "Hai annientato uno dei demoni Kallu senza il minimo sforzo."

"Te l'avevo detto che sapevo badare a me stessa," disse Cassie sorridendo timidamente.

"Comincio a notarlo," ammise Gabriel, poi sorrise. "Immagino che dovrò imparare a fidarmi di te, a starti a sentire. "

Cassie gli sorrise in modo malinconico. Gabriel gli offrì la mano e la aiutò a rimettersi in piedi.

"Mi sembra di avertelo detto già da un po'," disse lei, ma Gabriel era troppo irresistibile perché riuscisse ad arrabbiarsi.

"Forse," disse lui. "In ogni caso, penso che per stanotte abbiamo avuto la nostra bella dose di avventure qui nel quartiere francese. Sei pronta ad andare a casa?"

"Sì, a casa," ripeté Cassie, sentendo come suonava strana quella parola nella sua bocca. La Villa sarebbe diventata la loro casa? L'avrebbe fatta sentire completa? Valeva la pena di provare, no?

Guardò Gabriel con un sorriso dolce e annuì. "Perfetto, perfetto."

9

Cassie si mise a ridere quanto Gabriel insistette per prenderla in braccio e portarla su per le scale della villa come «un vero e proprio gentleman». Il suo accento inglese si fece più pesante, quelle note raffinate le fecero venire la pelle d'oca. Gli avvolse un braccio intorno al collo e si strinse a lui con tutta la forza che aveva. Insieme al fatto che lui fosse letteralmente l'uomo più bello del mondo, la sua voce bassa e melliflua era praticamente un torto all'umanità intera.

"Un gentleman, huh?" lo stuzzicò lei, mentre si dirigevano verso la stanza di Gabriel. Cassie ammirò la barba leggera che sfoggiava oggi, i riccioli gentili sul suo petto, la linea dura della sua mascella. E quegli occhi, quegli occhi dello stesso colore del fondo dell'oceano, la divoravano con un tale interesse...

Gabriel si fermò di fronte alla porta della sua camera da letto per guardare Cassie, gli occhi infiammati dal desiderio...

"Suppongo che un gentleman debba chiederti se ti va di entrare..." Fece una pausa sorridendo. "Cassandra Chase, mi permetti di portarti nel mio letto? Dovresti sapere che ho tutta l'intenzione di scoparti."

Cassie arrossì e si mise a ridere. Annuì.

"Sì, signor Thorne. Andiamo," disse.

Gabriel spalancò la porta facendole vedere per la prima volta la sua camera da letto. La stanza era un contrasto perfetto con il suo studio e la sua biblioteca: le pareti erano lisce, color carbone, e c'erano solo pochi mobili di teak – un letto, un armadio enorme, una modesta mensola per i libri e una piccola scrivania completamente sgombra. Sul pavimento c'era un tappeto blu marina che si abbinava alle lenzuola dello stesso colore, e tutto era perfettamente in ordine.

"Cosa?" disse Gabriel, mentre la deponeva sul letto.

"Niente. Io… questa stanza mi ha sorpresa. Forse pensavo che avessi tonnellate di libri sparsi ovunque," disse sorridendo.

"Non essere ridicola. Per quello abbiamo una biblioteca," disse Gabriel sollevando e abbassando le sopracciglia. "Anche se mi fa piacere sapere che tu abbia fantasticato sulla mia camera da letto."

"Io –" Cassie fece per protestare, ma Gabriel la zittì con un sorrisetto letale che rivelò la fossetta su una guancia. Gabriel si tolse la sua giacca scura e le scarpe, poi fissò Cassie con il suo indomito sguardo color zaffiro. Si sbottonò i polsini della camicia e si arrotolò le maniche. Si solte la cravatta e la gettò da una parte.

"Alzati," disse Gabriel, offrendole la mano per aiutarla a scendere dal letto. "Lasciati aiutare con quel vestito, cara. È incantevole, ma amerei vederti senza."

Gabriel fece voltare Cassie. Le passò un dito sulla schiena nuda mandandole un brivido. Sganciò con destrezza la fibbia che aveva dietro la nuca e fece scivolare il vestito con un unico gesto sicuro, lasciandola con addosso solo le mutande di pizzo nero e i tacchi a spillo.

"Resta qui," le ordinò aiutandola a uscire dalla massa del vestito ammucchiato ai suoi piedi. Si allontanò, presumibilmente per riporre il suo vestito da qualche parte, e poi ritornò a mettersi vicino a lei. Gabriel raccolse i suoi folti capelli e li scostò per denudarle il collo, le spalle e la schiena. Le carezzò i fianchi, stuzzicandole la pelle nuda e risvegliando tutto il suo corpo. Poi si fermò, solo per poi disegnare con le dita una linea che dalla spalla le scendeva lungo le braccia.

"Sei la cosa più bella che abbia mai visto," mormorò Gabriel avvicinandosi a lei fino a strofinare il petto e le cosce contro il suo corpo nudo.

Cassie emise un sospiro tremante. Le mani di Gabriel le afferrarono i seni, le dita giocherellando con i capezzoli fino a farli inturgidire. Gabriel la baciò disegnando una linea lungo il suo collo sinuoso, piano piano, e infine le stuzzicò il lobo dell'orecchio con i denti. Le afferrò i capelli con una mano e li tirò da lato per farle inclinare la testa. La colonna del suo collo era a sua completa disposizione.

Le morse la nuca, un acuto momento di dolore che lui subito scacciò via con un bacio. Era come la promessa di una rivendicazione.

"Gabriel..." sussurrò Cassie, insicura.

"Non ti preoccupare, cara," mormorò Gabriel, le labbra ancora sul suo collo. Fece scivolare la mano libera sul suo ventre e le afferrò il sesso attraverso le mutandine. "Prometto di saziarti, prima di marchiarti."

Le lasciò andare i capelli e la spinse in avanti sul letto per farla distendere sullo stomaco, poi si posizionò in mezzo alle sue gambe. Cassie girò la testa per guardarlo, e lui le fece l'occhiolino e cominciò a spogliarsi.

Si prese il suo tempo per sbottonare e togliersi la camicia, poi si sfilò i pantaloni e gettò tutto da una parte. Rimase solo con un paio di attillatissimi boxer grigi, in tutta la sua gloria. Un metro e novanta di muscoli sodi e definiti. Un corpo fatto per il peccato, abbastanza da far cadere in disgrazia le donne più pie, e per finire la faccia di un arcangelo.

L'attenzione di Cassie si abbassò dal viso di Gabriel, in giù, verso la sua erezione. I suoi boxer riuscivano a malapena a contenere il suo cazzo enorme.

"Vedi qualcosa che ti piace?" le chiese Gabriel facendole un occhiolino che da far bagnare le mutandine.

"Sei terribile," gli disse Cassie contorcendosi. Provò a girarsi, ma le mani di Gabriel le afferrarono le cosce e la bloccarono.

"Stai per scoprirlo, cara," le promise.

Gabriel si sporse in avanti e le tirò giù le mutandine sfilandole con forza. Cassie sussultò e provò a chiudere le gambe ma, di nuovo, Gabriel fu pronto a bloccarla. Le sue dita le stava palpeggiando il culo, e lo sguardo di soddisfazione maschile che aveva in volto era insopportabile. Cassie premette la faccia contro il cuscino, le guance le andavano a fuoco.

"Mettiti in ginocchio." Gabriel le sollevò i fianchi e fece muovere Cassie per farla mettere a quattro zampe. Le fece inclinare le ginocchia all'indietro fino a posizionarle quasi sul bordo del letto, accarezzandole le cosce e afferrandole le natiche. "Cazzo, Cass. Me lo fai venire così duro..."

Gabriel indietreggiò per un solo istante e Cassie gridò sorpresa, quando sentì la punta scoperta del suo cazzo che le si strofinava contro l'interno coscia, oh, così vicina alla sua entrata vogliosa.

"Oooooh," gemette Cassie. La curiosità la stava ardendo viva. Aveva intenzione di saltare i preliminari e scoparla subito? Di certo era abbastanza bagnata.

Invece, Gabriel continuò a stuzzicarla per dei lunghissimi

istanti, strofinando la punta setosa del suo cazzo contro le sue labbra inferiori.

"Sei già così bagnata, Cass," disse.

Si posizionò dietro di lei e la penetrò. Cassie urlò di piacere, le dita avvinghiate alle lenzuola. Quando Gabriel si ritrasse ridacchiando, Cassie ringhiò la sua disapprovazione.

Si girò per guardarlo, lanciandogli un'occhiataccia, e lui sorrise.

Smack. La colpì sulla natica destra con la mano aperta, facendole emettere un sussulto sorpreso.

"Non la farò tanto facile, Cass, te lo assicuro. Non importa la voglia che ho di affondare il mio cazzo dentro di te. Non sei ancora pronta. Prima devi ardere per me, cara."

La mano di Gabriel si mosse tra le sue cosce per stuzzicarle le labbra bagnate. Due dita le sfiorarono il clitoride, dandole quello che desiderava sopra a ogni altra cosa, avvampando la sua voglia.

"Sì," gemette Cassie gettando la testa all'indietro. Il suo corpo si inarcò spingendosi verso il tocco di Gabriel, ne voleva di più, di più. "Sì, Gabriel!"

"Ti piace come ti tocco, non è vero, cara? Non sai quanto amo far godere la mia compagna," disse Gabriel.

Una minuscola parte di Cassie colse l'improvviso e fervente uso della parola *compagna*, ma il resto di lei era troppo ingolfato dal nugolo di sensazioni perché potesse importarle. Il tocco di Gabriel non faceva che eccitarla sempre di più, e una nuova voglia nacque dentro di lei, il desiderio di essere completamente riempita da lui. Voleva che Gabriel possedesse il suo corpo, che permeasse i suoi sensi. Voleva che lui avesse *bisogno* di lei, voleva che il loro legame si rafforzasse.

Cassie voleva che Gabriel la reclamasse. Che la marchiasse. Che la facesse *sua*.

In qualche modo, non riusciva a dire tutte queste cose. Non nella foga del momento, forse mai.

"Scopami, Gabe. Ti prego, ti prego, scopami," disse invece.

Gabriel le diede un assaggio di quello che desiderava tanto ardentemente, premendo con forza due grosse dita dentro la sua figca stretta e bagnata. Il suo tocco non fu gentile, ma ben si addiceva all'urgenza che Cassie sentiva fin dentro le ossa.

"Dimmi che posso averti senza preservativo," ringhiò Gabriel schiaffeggiandola di nuovo sul culo.

"Prendo la pillola," riuscì a dire Cassie girandosi per guardarlo, rapita dall'intensità del suo sguardo. Gli occhi di Gabriel erano neri per la lussuria, e il suo petto e le sue spalle rilucevano con una leggera patina di sudore.

"Che brava ragazza che sei, Cass."

Si diede da fare dentro di lei con due dita fino a farla scalciare, e allora le ritrasse. Questa volta non ci furono avvertimenti, niente giochetti. Gabriel si posizionò dietro di lei e la penetrò a fondo, afferrandola per i fianchi, mentre la allargava e la riempiva, dandole tutto quello di cui aveva bisogno.

"Ah!" gridò Cassie, ma Gabriel non rallentò nemmeno per un istante. Prese un ritmo martellante, mettendole una mano sullo stomaco e sollevando per un istante i suoi fianchi. Poi la sua mano scivolò sulla sua coscia e le fece stringere le gambe.

D'improvviso si ritrovò così a fondo dentro di lei, il suo magnifico cazzo toccava tutti i punti più sensibili, facendole tremare le gambe con la forza di una nuova sensazione. I suoi muscoli interni cominciarono a irrigidirsi, e riuscì a sentire la risposta di Gabriel che lasciò andare un ruggito di profonda soddisfazione, mentre le sue dita si affondavano nei suoi fianchi. La scopò senza pietà, il suo corpo teso all'inverosimile, i suoi seni sensibili, il suo clitoride pulsante e... e...

Gabe si mosse e la fece mettere dritta senza smettere di

penetrarla. Affondò i denti nella tenera giuntura tra il collo e la spalla. Il dolore acuto si mischiò al piacere travolgente, fino a quando non abbatté le barriere che erano dentro di lei.

Cassie esplose con un grido, scuotendo i fianchi. Gabriel la afferrò con una tale forza da farle quasi male, continuando a martellarla, senza rallentare mentre Cassie correva sull'onda del piacere.

"Cazzo, Cass, cazzo!" Proprio mentre lei cominciava a ritornare alla realtà, Gabriel imprecò e venne, fremendo verso di lei mentre il suo seme schizzava dentro di lei.

Gabriel si ritrasse e Cassie tremò, ma con sua enorme sorpresa lui non collassò sul letto come fece lei, praticamente sciogliendosi sul materasso. Gabriel svanì per dei lunghissimi istanti, ma Cassie non riuscì a cercarlo, sopraffatta com'era da quella beatitudine post-coitale. Chiuse gli occhi, e si sarebbe addormentata se Gabriel non fosse tornato.

"Ecco, cara, lascia che mi prenda cura di te."

"Mmm?" mormorò Cassie, aprendo un occhio per contemplarlo.

Gabriel inarcò un sopracciglio, in mano aveva un asciugamano.

"Mmmf," disse Cassie. Non voleva muoversi.

Gabriel la pulì con un tocco gentilissimo, prima sul collo e poi in mezzo alle gambe. Si allontanò di nuovo lasciando Cassie alla deriva per una lunga sequela di istanti. Quando tornò, piegò il piumino su un lato del letto e prese Cassie tra le braccia. Cassie ridacchiò di fronte alla sua indulgenza. La depose sul letto e le rimboccò le coperte.

"Cosa va meglio," disse Gabriel facendo girare Cassie su un fianco e avvicinandosi a lei. Si avvolse attorno a lei, il suo abbraccio tenero e possessivo e meraviglioso. La mente esausta di Cassie cominciò a girovagare, provando a capire che cosa diavolo stesse succedendo e come si sarebbe dovuta sentire.

"E ora?" fu l'unica cosa che riuscì a dire.

"Per ora, dormiamo," mormorò Gabriel infilandole un braccio attorno alla vita e affondando il naso nei suoi capelli all'altezza della nuca. Gabriel era tutto calore e conforto, e Cassie non poté fare altro che addormentarsi in un profondo sonno senza sogni.

Cassie si svegliò con la forte luce del sole che penetrava dalle finestre. Fece una smorfia e tocco il marchio sul suo collo. Le faceva un po' male, e così tutto il resto del suo corpo. Contorse le labbra di fronte a quella sensazione deliziosa: si era guadagnata ogni dolorino nel miglior modo possibile. Guardò Gabriel, rifiutandosi di pensare di già a quello che erano diventati. Non avrebbe fatto altro che tormentarla, e invece lei voleva solo rilassarsi e sentirsi bene, ancora per un po'.

Allungandosi, gettò le gambe da un lato del letto e fece per alzarsi. Strillò quando un braccio muscoloso la afferrò per la vita facendola distendere di nuovo sul letto.

"Dove credi di andare?" le chiese Gabriel sfiorandole il collo con le labbra e la barba e mandandole un brivido lungo la schiena.

"Volevo lavarmi i denti," disse Cassie ridendo.

"Hai esattamente sei minuti prima che venga a cercarti," la informò Gabriel. "Ti garantisco clemenza, se non mi costringi a uscire dal letto per darti la caccia."

"Ah, sì?" chiese Cassie spingendosi su un gomito e arricciando le labbra.

"Oh, diamine, sì. Non lascerai questo letto se prima non ti avrò fatto dimenticare come ti chiami a suon di scopate," la avvertì Gabriel. "Ti possederò in ogni modo possibile, il più possibile. Pensavo… per due settimane? Tre? Quanto tempo pensi che ti voglia per dimenticarti dell'esistenza di tutti gli altri uomini?"

Cassie sbuffò divertita. Come se dopo la notte scorsa potesse anche solo pensare a qualcun altro!

"Io…. Non so cosa dire," ammise arrossendo.

Gabriel la lasciò andare.

"Adesso hai solo cinque minuti, e quindi fai meglio a darti una mossa."

Cassie si mise a ridere e si sbrigò, certa che al suo ritorno sarebbe stata ben ricompensata.

"Pensavo che non mi avresti lasciata andare, se prima non mi dimenticavo del mondo intero," protestò Cassie, quando Gabriel si alzò e si vestì.

Gabriel inarcò un sopracciglio.

"Credo di aver detto che volevo farti dimenticare gli altri uomini," chiarì lui. "E se gli ultimi sei giorni non hanno soddisfatto i tuoi appetiti… beh, vedrò di rimediare all'alba. Devo veramente andare di pattuglia, stanotte. Rhys ed Aeric sono stanchi di coprirmi mentre io corteggio la mia nuova compagna."

Cassie scese dal letto e si diresse con fare rilassato verso l'armadio di Gabriel per trovare una morbida maglietta di cotone da mettersi addosso. Avevano già stabilito che Gabriel amava vedere Cassie che indossava i suoi vestiti, amava il suo odore sulla pelle morbida di lei. Persino adesso, mentre si allacciava gli stivali, le diede un'occhiata speculativa.

"Sei sexy vestito così," disse Cassie, lanciandogli il medesimo sguardo. Gabriel indossava un paio di pantaloni neri, un'attillata maglietta nera e un gilè nero che ebbero un effetto veramente perverso sul cervello a carica sessuale di Cassie. "Forse dovrei essere *io* a preoccuparmi di *te*."

Gabriel emise un suono esasperato e le baciò sulle labbra. Poi le diede un colpetto sul culo.

"Ti ho lasciato un regalo nello studio," le disse. "E ho detto alle cameriere di organizzarlo, mentre noi eravamo occupati a fare altro. Ero serio quando avevo detto di voler comprare dei mobili nuovi, a meno che tu non voglia il tuo ufficio nella camera degli ospiti. Ah, lo sa Dio se non ci dormirai mai più."

Cassie sbuffò di fronte a quella dichiarazione presuntuosa, ma Gabriel sorrise e uscì dalla stanza. Cassie scosse il capo e trovò i pantaloni del pigiama che aveva messo sulla sedia diversi giorni prima. Li indossò e aprì la porta che dava sulla libreria.

Quando vide la biblioteca ci mancò poco che non svenne. Le mensole erano state organizzate con cura e sistemate su dei binari, ed erano tutte sistemate da un lato della stanza. Cassie ne spostò una, meravigliandosi di fronte all'accortezza della nuova sistemazione che lasciava sgombra metà stanza. Le pesanti tende erano state rimosse dalle finestre, e ora l'accecante luce del sole poteva inondare la stanza.

"Non scherzava mica," si disse. "Non sembra nemmeno la stessa biblioteca."

Si soprese ancora di più quando si avvicinò al tavolo lo trovò quasi del tutto vuoto, tranne per qualche rotolo, una risma di foglie, un barattolo di vetro pieno di penne e una pila di libri. Eccitata, Cassie prese il primo libro della pila e lo aprì. Afferrò una penna e si sedette voltando le pagine, rimanendo presto assorta nel diario storico che Gabriel aveva lasciato per lei.

Passò più di un'ora prima che sollevasse di nuovo lo sguardo. Aveva una penna in una mano e rotolo spiegato sotto l'altra. Su un foglio di carta aveva buttato giù una lista, una collezione raffazzonata di appunti che avevano bisogno di essere organizzati. Cassie sospirò e scostò il rotolo. Prese un altro foglio di carta e condensò e sintetizzò gli appunti fino a quando non poté dirsi soddisfatta:

Le qualità che definiscono la Terza Luce
- In stretto contatto con gli Spiriti o i Morti (a seconda dell'interpretazione)
- Ha bisogno che i suoi genitori siano un alto prelato e un angelo (o un demone)
- Non ha ancora raggiunto il suo pieno potere, o nasconde la sua vera forza
- Non sa se il suo vero potere serva il Bene o il Male
- Forse una donna?

Cassie rilesse la lista e si imbronciò. Da un lato, la lista era troppo generica – come potevano i Guardiani trovare qualcuno che non conoscesse il proprio potere? Da un altro, era fin troppo specifica. Sembrava improbabile che in giro ci fossero parecchie donne create dalla lussuria di un demone e di una sacerdotessa Voodoo. Cassie era abbastanza sicura che qualcuno di così speciale si potesse individuare a colpo d'occhio, o quantomeno la sua aura.

O no?

Si massaggiò le tempie e sospirò. C'era ancora un libro da affrontare, quello più grosso e più spaventoso del mucchio. Sulla spessa copertina di pelle nera erano incise le parole *Apócrifos del Semaforo*. Quando Cassie passò le dita sulle lettere, sentì un brivido percorrerle la schiena.

Lo aprì e, nel modo più gentile possibile, cominciò a girare le pagine ingiallite. Il testo era scritto in un antico dialetto spagnolo, e non in latino, come pensava lei. Cassie balzò in piedi e andò a recuperare un iPad dalla selezione di computer della biblioteca. Si rimise a sedere, scansionò velocemente le prime pagine, tirando a indovinare e traducendo i brevi passaggi che sembravano importanti.

La frase *La luz final* le balzò agli occhi. Accigliandosi, la tradusse.

"La luce finale?" si chiese ad alta voce. "È diversa dalla Terza Luce?"

Con uno sbuffo, Cassie cominciò a tradurre grosse porzioni di testo dai capitoli successivi, prendendo appunti man mano che procedeva. Le divenne presto chiaro che la Luce Finale e la Terza Luce non erano la stessa cosa e che con ogni probabilità la Luce Finale non era ancora nata.

…probabilmente. La sua comprensione del castigliano antico era lacunosa, ma era abbastanza sicura che gli Apócrifos indicassero che la Luce Finale sarebbe stata concepita solo una volta che la Terza Luce fosse stata individuata. Rigirandosi quest'idea nella mente, Cassie esaminò qualche altro capitolo. Quando non trovò altri specifici rimandi riguardo lo scopo o il destino della Luce Finale, si arrese e si alzò per andare a cercare Cairn, sperando in un po' di distrazione che non avesse a che fare con profezie che non riuscisse a comprendere.

10

Dominic "Pere Mal" Malveaux era adagiato su una poltrona rivestita di velluto nell'angolo del Carousel Bar, sorseggiando un Serezac. Il cocktail agrodolce a base di whiskey gli andò giù per la gola. Guardò il bicchiere e rimestò il ghiaccio rimanente. Le cose non stavano andando come previsto, ed era tutta colpa dei quei cazzo di Guardiani. Quegli stupidi orsi mutaforma stavano ficcando il naso in cose al di fuori della loro comprensione, e i risultati potevano essere disastrosi per Pere Mal.

Niente a questo mondo è gratis. Se vuoi veramente qualcosa e specie se questo qualcosa è il potere, i debiti si accumulano. Pere Mal era si era indebitato fino al collo, e i suoi creditori non erano né pazienti né tantomeno gentili.

Aveva perso la Prima Luce, quella bionda graziosa che si era sistemata con il Guardiano scozzese. La loro unione era stata un duro colpo per Pere Male, ma aveva imparato ad accettarla... specie dopo che la Prima Luce era diventata inutile.

Ma la Seconda Luce, Cassandra Chase, gli era stata rubata. Portata via dalla sua stessa casa. Non poteva sopportarlo. Non quando il destino della ragazza era così ingarbugliato con la Terza Luce e la Luce Finale. Le indovine e gli stregoni di Pere Mal non era riusciti a scoprire cosa sarebbe successo con esattezza, ma la signorina Chase era una figura fin troppo importante per i suoi progetti futuri.

E, oltretutto, dentro di lei viveva l'Oracolo, e Pere Mal aveva un bisogno spasmodico delle sue visioni e profezie. Pere Mal poggiò il bicchiere sul tavolo e si alzò.

Era determinato: avrebbe trovato Cassandra Chase, costi quel che costi.

"Monsieur," disse uno dei suoi uomini avvicinandosi con un leggero inchino.

"Avete trovato l'Oracolo?" chiese Pere Mal.

"Notizie buone e cattive," disse l'uomo in giacca e cravatta. Sembrava che l'uomo si stesse disperatamente sforzando di non tremare sotto lo sguardo di Pere Mal.

"Prima quelle cattive."

"Le nostre spie ci hanno informato che l'Oracolo e uno dei guardiani si sono... trovati. Sono compagni predestinati," disse l'uomo con una smorfia.

Pere Mal chiuse gli occhi e fece un respiro profondo. Non voleva fare una scenata in mezzo al Carousel Bar. Molto probabilmente, il suo aiutante aveva scelto di informarlo solo ora proprio per questo motivo. Ci volle un lunghissimo minuto prima che Pere Mal si calmasse abbastanza. Poi chiese:

"Quale Guardiano?"

"Pensiamo lo stregone, signore." L'uomo sudava vistosamente. Se ne stava lì, ritto, aspettando che Pere Mal reagisse.

"Ah. Avrei preferito che non fosse nessuno di loro, ma l'altro mi preoccupa di più. Il vichingo," sospirò Pere Mal. "C'è qualcosa che non mi piace in quel tizio."

Lo temeva, più che altro, ma Pere Mal non usava più queste parole per riferirsi a sé stesso. Lo faceva apparire debole, e lui aveva bisogno che i suoi uomini avessero la massima fiducia in lui.

"Sì, signore. Dunque non ritiene lo stregone una minaccia? Le mie spie mi hanno informato che stanno provando ad avere un bambino, e questo ci è d'aiuto. No?" chiese l'aiutante.

Pere Mal gli sorrise. La notizia non era per niente male, e quindi l'uomo si era guadagnato un altro po' di pazienza.

"Penso che tutti gli orsi mutaforma diventino scemi quando si tratta di figlie e compagne," disse Pere Mal bruscamente. "Ecco cosa succede quando uno dà retta al cuore invece che al cervello. Penso anche che se la signorina Chase è abbastanza sciocca da metter su famiglia con il suo Guardiano, ci fornirà lei stessa le armi di cui abbiamo bisogno per distruggerli entrambi. È tanto semplice..."

Pere Mal ci pensò per un secondo, poi annuì, soddisfatto. L'aiutante si contorse le mani, sembrava indicibilmente sollevato.

"Ho bisogno che li sorvegliate da vicino. Dimmi se qualcosa cambia. Qualunque cosa. Specie nella loro famiglia. Hai capito?"

"Certo, certo."

"Beh? E la buona notizia?" sbottò Pere Mal, sempre più irritato.

"Ci ha chiesto di leggere il futuro della Luce Finale. Condizioni di discendenza impossibili, è così che ha detto? Abbiamo trovato quello che voleva."

L'aiutante tirò fuori un glorioso mazzo di fotografie e le diede a Pere Mal, che quasi scoppiò a ridere.

"Posso intervenire, Monsieur?" chiese l'uomo.

"No," disse Pere Mal con un ghigno. "No, lascia stare. È meglio non attirare l'attenzione. Se nessuno lo vede, allora non c'è problema, n'est-ce pas?"

"Sì, signore."

"Il posto dove vivono i Guardiani. Come si chiama?"

"Non lo so, signore."

"Ho bisogno di tutte le informazioni che riesci a recuperare. Fa' infiltrare qualcuno, qualcuno che conosce la magia. Ho bisogno di sapere tutto su quel posto, anche sugli spostamenti dell'Oracolo."

"Ma certo, Monsieur."

"Puoi andare. Dì alla cameriera di portarmi un altro Sazerac," disse Pere Mal facendo gesto all'aiutante di andare via.

Si risedette al suo posto e prese di nuovo il bicchiere per bere l'ultimo sorso. Le cose cominciavano ad andare bene per Dominic Malveaux.

Molto, molto bene.

11

Gabriel era disteso sulla schiena e Cassie dormiva accoccolata a lui. La ragazza mormorò qualcosa e, senza svegliarsi, si mosse gettando il braccio sul suo compagno e abbracciandolo con forza. Era alla ricerca di conforto e calore, esattamente le due cose che un compagno doveva darle.

Gabriel allungò una mano per scostare un ricciolo infiammato dei capelli di Cassie che gli era finito sul viso. Faticò per contenere l'urgenza di protezione che gli sorse dentro. Erano passati due mesi da quando l'aveva marchiata, da quando Cassie era diventata la sua compagna.

L'anello le brillava attorno al dito, un simbolo delle promesse che Gabriel le aveva fatto. Il nome Thorne, datole per aiutarla a scacciare i ricordi della sua famiglia priva di amore. L'anno prossimo, un matrimonio d'estate, reso doppiamente eccitante da quando Echo e Rhys avevano accettato l'invito di Cassie a celebrare i due matrimoni lo stesso giorno. E la cosa più importante di tutte: una famiglia, non appena si fosse sentita pronta.

Tre settimane fa, Cassie aveva fatto sedere Gabriel, lo

aveva preso per mano e gli aveva detto che si era fatta rimuovere l'innesto contraccettivo. Dopo essersi interrogato in modo confuso sull'esistenza di un impianto corporeo per la contraccezione, Gabriel presto capì che Cassie gli stava dicendo che era pronta a metter su famiglia. O almeno che era pronta per cominciare a *provarci*.

E ci avevano provato eccome, in ogni posto e in ogni posizione immaginabile, ogni notte restando svegli il più a lungo possibile. E spesso anche durante il giorno, quando Gabriel non era di pattuglia. Gabriel desiderava Cassie ogni giorno di più, le fiamme si innalzavano poderose mentre lui scopriva i segreti del suo corpo, come darle piacere nel miglior modo possibile così da portare entrambi verso un climax violento...

Un sorrisetto illuminò le labbra di Gabriel: ripensò a tutte quelle ore spese a *provarci*, tutte quelle ore che lo avevano portato a sentirsi così, completamente esausto, che poi erano lo stesso motivo per cui Cassie era sprofondata in quello che Gabriel giudicava un sonno profondamente soddisfatto. Il sonno attirava anche Gabriel, ma i suoi pensieri problematici gli impedivano di soccombere al suo richiamo.

Le cose tra Cassie e lui andavano a gonfie vele, e l'unico motivo di discussione era l'incapacità dei Guardiani di trovare e smantellare la Gabbia. Fino ad ora, i Guardiani avevano messo sotto assedio tre case diverse per provare a trovare la prigione segreta di Pere Mal.

Gabriel non poteva muoversi o girarsi per timore di disturbare il sonno della sua compagna, ma diverse immagini continuavano ad affacciarglisi nella mente: le parole dell'Oracolo che gli diceva di dare un figlio a Cassie; il mattino in cui aveva trovato il corpo senza vita di sua madre, portatagli via dalla scarlattina; il momento in cui era corso da sua sorella Caroline per dirle della loro occasione di diventare ricchi, solo per scoprire che l'aveva uccisa in un momento di sconsideratezza...

Uomo. Orso. Stregone. Guardiano. Compagno. Gabriel era tutte queste cose. E anche... padre?

Strinse i pugni e prese un respiro profondo, provando a rimanere calmo. Giorno dopo giorno, il suo legame con Cassie si rafforzava, e a volte lei era in grado di percepire il suo stato d'animo senza nemmeno aver bisogno di trovarsi nella sua stessa stanza. Lui l'aveva sfiancata, aveva estratto ogni goccia di piacere da entrambi, e lei si meritava un po' di riposo.

E, in ogni caso, Gabriel non avrebbe mai sopportato che Cassie conoscesse i suoi dubbi. Era come se il semplice atto di pronunciare ad alta voce dei suoi timori avrebbe potuto renderlo vulnerabile in modo indicibile. Non aveva ancora un figlio, e forse non poteva, ma quello non impediva alla paura di attecchire al suo cuore.

Da un lato, ogni uomo si sarebbe preoccupato di fronte all'idea di portare un figlio in questo mondo. Era un posto pericoloso, forse ancor di più del mondo in cui era cresciuto Gabriel. Attacchi informatici, armi nucleari, bioterrorismo... e la lista era lunga. Aggiungete questo all'apparente incapacità di Gabriel di proteggere le persone che amava, e la prospettiva della paternità era terrificante.

Dall'altro lato, Gabriel era un Guardiano Alfa. Il suo status gli conferiva delle responsabilità, e con la responsabilità venivano i conflitti, che erano terreno fertile per i nemici. Anche adesso, era certo che Pere Mal era lì fuori da qualche parte, nascosto nell'ombra che pianificava qualcosa di terrificante. Gabriel gli aveva portato via qualcosa, qualcosa che Pere Mal considerava una "risorsa". Di certo quel criminale non si sarebbe limitato a dimenticare e perdonare, ma Gabriel non aveva la più pallida idea di come avesse intenzione di colpirlo.

Si lasciò scappare un sospiro dalle labbra e decise che avrebbe parlato con Mere Marie per rafforzare le difese della casa. Forse dovevano persino considerare l'idea di assumere delle guardie, da impiegare quando i Guardiani venivano tutti chiamati a rispondere a una grave emergenza.

"Gabe?" disse Cassie con voce sonnolenta. "Stai bene?"

"Sì, certo," disse Gabriel sentendosi colpevole.

"Mi stai mandando un sacco di vibrazioni ansiose," disse Cassie soffocando uno sbadiglio.

"Sto solo pensando. Non è niente. Davvero."

"Mmmhmmm," disse Cassie, dandogli dei colpetti sul torace. "Che ne dici se ti giri e ti gratto la schiena fino a quando non ti addormenti?"

La proposta di Cassie non era esattamente la cosa più gloriosa che lui avesse mai sentito, ma riuscì lo stesso a scaldargli il cuore. Le diede un bacio sulle labbra, chiedendosi quand'è che era diventato così fortunato da meritarsi una compagna come lei.

"Sto bene, cara. Te lo prometto. Torna a dormire."

Cassie si spinse contro di lui, disegnando cerchietti sul suo petto con le dita. Lentamente, Gabriel cominciò a rilassarti, il suo tocco lo confortò fino a quando il sonno non lo avvolse. Le sue preoccupazioni svanirono nel nulla, come ombre sotto il sole di mezzogiorno. Sarebbe tornate, come l'alba dopo la notte, ancora e ancora. Ma, per un momento, Gabriel poteva lasciarsi andare e godersi il tocco della sua compagna.

Gabriel si stropicciò la faccia provando a concentrarsi su Rhys mentre questi ricapitolava, per quella che sembrava essere la decima volta, quello che al momento sapevano sulle Tre Luci. Aveva dormito poco, si era svegliato presto e aveva trovato Rhys e Aeric che lavoravano al piano di sotto, bevendo caffè e provando a stabilire una sequenza temporale per le future azioni di Pere Mal.

"Eccovi, voi tre," disse Mere Maria entrando nel salone della Villa. Si avvicinò al tavolo per le conferenze dove i tre Guardiani sedevano intenti e indaffarati. Gabriel vide subito che lei era di buono umore.

"Gabriel ci sta dicendo quello che ha Cassie ha trovato sulla cosiddetta «Luce Finale»," disse Rhys.

"Dovete vestirvi e andare a trovare la Gabbia," disse Mere Marie con aria disinteressata. "Non mi servite a niente se ve ne state qui a parlare di messaggeri che non sono ancora nati."

"Se Pere Mal sa che potrebbe nascere una creatura dalla quale dipende il destino del mondo, di certo gli interessa trovarla e utilizzarla per i suoi scopi," disse Gabriel.

Le labbra di Mere Marie si assottigliarono, ma il nome di Pere Mal risvegliò il suo interesse.

"E, di grazia, come farebbe la Luce Finale a decidere il destino del mondo?" chiese concentrando lo sguardo su Gabriel come un laser. Poche persone al mondo erano in grado di far tremare Gabriel, e Mere Marie era una di quelle.

"Gli Apócrifos non sono chiari su questo," ammise Gabriel. "Viene detto solo che, uh, il bambino avrà una doppia natura, che nascerà con le caratteristiche sia della madre che del padre. Il Bene e il Male ingaggeranno una feroce battaglia per averlo dalla loro parte, e chiunque riuscirà a conquistare il bambino deciderà se il reame degli umani deve restare intatto o se deve cadere sotto il dominio dei demoni."

"Ahhhh," disse Mere Marie. "Quindi forse Pere Mal sa della Luce Finale. Questo spiegherebbe perché è tanto ansioso di trovare i Cancelli di Guinee. Se riesce ad accedere al reame degli spiriti, sarò in grado di usare gli spiriti dei suoi antenati per conquistare il potere che tanto brama. E potrebbe usare quel potere per scendere a patti con il lato che vincerà la battaglia per la Luce Finale."

"È una specie di assicurazione," disse Gabriel facendo due più due. "Allora crede che vinceranno i demoni. Altrimenti perché darsi tanto da fare? Il presente status quo lo favorisce."

Mere Marie guardò Gabriel.

"Sì, sì, e dobbiamo presumere che stia cercando la Luce Finale. Questo però non cambia il fatto che voi tre dovete alzarvi ed essere pronti alla battaglia," disse dando una manata sul tavolo. "La Gabbia dev'essere distrutta. Stanotte."

"Sì, madame," dissero Gabriel e Rhys, mentre Aeric si limitò ad annuire.

Mere Marie si girò per andarsene, ma esitò.

"Fossi in voi, io starei molto attenta nell'evacuare le prigioniere," disse. "A giudicare dal fatto che le vostre due compagne siano la Prima e la Seconda Luce, ho motivo di credere che la Terza Luce farà presto la sua comparsa."

Mere Marie se ne andò, lasciando Gabriel e Rhys che guardavano Aeric, il quale aveva la bocca spalancata e una silenziosa espressione di shock sul volto. Ci vollero dei lunghissimi secondo, ma poi il Vichingo balzò in piedi, furente.

"Mai!" disse. Poi subito uscì dalla stanza come una furia, diretto verso la palestra nel cortile posteriore. Presumibilmente, voleva seguire gli ordini di Mere Marie e prepararsi per la battaglia.

Gabriel e Rhys si guardarono per un istante prima di ridacchiare maliziosamente, increduli.

"Provo pietà per la poveraccia che dovrà sorbirselo come compagna," disse Rhys scuotendo il capo e alzandosi per seguire Aeric.

"Se assomiglia anche solo la metà alle nostre compagne, io provo pietà per lui," mormorò Gabriel.

"Gesù, non farti sentire da Echo. Già si è incazzata con me perché non le ho regalato niente per il nostro anniversario. Non sapevo che ci fosse un anniversario dopo soli tre mesi!" si lamentò Rhys.

Gabriel inarcò un sopracciglio, poi scosse il capo.

"Me lo rimangio. Provo pietà per le ragazze," disse Gabriel dando una pacca sulla schiena di Rhys.

"Ah, vaffanculo allora," disse Rhys in modo amabile mentre si dirigevano verso la palestra.

Non appena finirono di indossare le loro uniformi nere e i gilè tattici, le spade infoderate e le pistole nelle fondine, i tre Guardiani ripassarono il piano che avevano predisposto per distruggere la Gabbia. Poi salirono sul SUV, e Gabriel si soprese nel vedere che al posto del guidatore c'era qualcuno che non conosceva. Un orso mutaforma dai capelli neri li stava aspettando, tanto grosso e feroce quanto gli altri Guardiani. Indossava la stessa uniforme di Gabriel, eccetto le armi.

"E tu chi diavolo sei?" disse Aeric, altrettanto sciccato.

"Calma," disse Rhys stendendo una mano. "Mere Marie non vuole che Duverjay ci accompagni in missione, e quindi sarà qualcun altro a darci una mano. Lui è Asher. Asher, loro sono Gabriel e Aeric."

Asher guardo nello specchietto e annuì cortesemente, quindi accese il SUV e uscì dal parcheggio. Gabriel e Aeric ripassarono il piano per un'ultima volta, provando a individuare dei potenziali problemi, e poi il silenzio durò per quasi dieci minuti.

"Quindi... com'è che conosci Mere Marie?" chiese Gabriel, curioso di quel silenzioso orso mannaro che stava guidando la loro macchina. Aveva un aspetto vagamente militare. Il modo in cui si comportava, il modo in cui era teso, come pronto all'azione.

"Non direi che ci conosciamo veram –"

Ci fu uno schianto assordante. Un'altra macchina si era lanciata contro SUV mandandolo a roteare come una trottola. Gabriel sbatté la testa contro il finestrino, per dei lunghissimi secondi il mondo attorno a lui si fece bianco. Sbatté le palpebre e vide Asher e Rhys che uscivano con cautela dalla macchina.

"Stai bene?" chiese Gabriel ad Aeric, che si contorceva per il dolore.

"Sto bene," disse Aeric.

"Aeric…"

"Era una trappola," disse Aeric. "Gli uomini di Pere Mal ci sono addosso. Esci da questa cazzo di macchina."

L'attenzione di Gabriel fu catturata dal trambusto esterno. Spalancò la portiera e uscì fuori, giusto in tempo per vedere una dozzina di scagnozzi vestiti di nero che si avvicinavano. Erano tutti armati fino ai denti, ma Gabriel fu sorpreso da quanti pochi ce ne fossero.

"C'è qualcosa che non va," disse a Rhys. "Non ce ne sono abbastanza. Perché Pere Mal dovrebbe mandarci contro solo una dozzina di uomini?"

Rhys annuì, incerto. Gli uomini di Pere Mal li circondarono e per diversi minuti Gabriel riuscì a pensare solo alla battaglia. Sguainò la spada e ne abbatté tre prima di correre ad aiutare Aeric, che zoppicava malamente. Due uomini stavano infastidendo il Guardiano dai capelli biondi, prendendo di mira le ferite causategli dall'incidente. Gabriel ne eliminò immediatamente uno, lasciando Aeric libero di occuparsi dell'altro.

Nel giro di dieci minuti, gli uomini di Pere Mal erano tutti o morti o fuggiti via. Avevano attaccato i Guardiani in un quartiere residenziale, e quindi degli umani curiosi già si stavano avvicinando al luogo dell'incidente, attirati come mosche dal miele.

"Dobbiamo andare," li esortò Asher. "Qualcuno ha già chiamato la polizia, ve lo garantisco."

"Non possiamo usare la macchina," disse Rhys quando tutti si diressero verso il veicolo. "Ci avranno messo un localizzatore. Dobbiamo trovare un altro modo."

Gabriel si sorprese quando vide Rhys tirare fuori il cellulare per chiamare un furgone della polizia che si presentò in meno di cinque minuti.

"Non voglio nemmeno sapere come hai fatto," borbottò Asher adocchiando l'ufficiale di polizia che li riportò alla Villa a velocità folle.

"Dobbiamo andare in palestra, spogliarci e controllare accuratamente tutti i vesti," disse Aeric lanciando ad Asher uno sguardo diffidente. "E dobbiamo interrogare quello nuovo."

"Ha giurato, proprio come noi," lo informò Rhys.

"Ha fatto *cosa*?" urlò Gabriel. "Mere Marie non ci aveva detto che c'era un nuovo Guardiano!"

"Non penso sia già un Guardiano," disse Rhys incrociando le braccia sul petto. "È più come una potenziale recluta."

"Guardate che sono qui," intervenne Asher. "Riesco a sentirvi."

Aeric squadrò lo sconosciuto.

"Se puoi ripagare il tuo debito in qualche altro modo, non unirti ai Guardiani," disse Aeric. "È una datrice di lavoro capricciosa come poche."

Un muscolo si contrasse nella mascella di Asher, ma non rispose, scegliendo invece di guardare fuori dal finestrino. Accostarono di fronte alla Villa e uscirono.

Gabriel corse dentro, ansioso di vedere Cassie. Rhys era un passo dietro di lui, ma entrambi si bloccarono all'istante quando misero piede sui gradini di marmo della Villa.

"Dove sono i custodi?" si chiese Gabriel guardando la

villa. Era quieta e silenziosa. Si chiese se per caso Mere Marie stesse armeggiando con l'incantesimo di protezione che custodiva la Villa e i suoi inquilini.

"Cazzo," disse Rhys cominciando a correre.

I Guardiani irruppero nella Villa, la porta era socchiusa.

"Echo!" gridò Rhys. "Echo! Dove sei?"

Niente.

"Cass! Duverjay!" urlò Gabriel spintonandosi con Rhys per entrare nel salone al pianterreno. Era vuoto, ma le porte francesi sul retro erano spalancate. Un vassoio di vetro con della frutta tagliata giaceva sul pavimento, e Gabriel vide che Duverjay giaceva lì vicino, svenuto.

Si accucciò vicino al maggiordomo e gli controllò il polso.

"È vivo," disse a Rhys che già si stava dirigendo verso il giardino.

"Va di sopra!" disse Rhys a Gabriel senza voltarsi.

Gabriel fece per obbedire, ma sentii un flebile rumore provenire da fuori. Tornò sui suoi passi e uscì fuori per seguire Rhys verso la palestra.

Proprio dietro la spessa porta di ferro della palestra, che era piegata e ammaccata come se fosse fatta di alluminio sottile, c'era Echo, rannicchiata e in lacrime... Rhys si inginocchiò, abbracciò la sua compagna e cominciò ad accarezzarla.

"L'hanno... l'hanno presa!" gridò Echo piangendo.

"Presa chi? Mere Marie?" chiese Gabriel.

"No, Cassie. Hanno preso Cassie," gemette Echo. "Hanno provato a rapire anche me, ma mi sono chiusa qui dentro. Non sono riusciti ad entrare, e alla fine hanno rinunciato."

Gabriel balzò in piedi e si guardò attorno furiosamente. Sebbene avesse sentito chiaramente le parole di Echo, questo non gli impedì di correre dentro la casa e di perlustrare ogni piano della Villa in preda al panico.

"Gabriel. Smettila," gli disse Aeric. Gabriel stava

provando, senza riuscirci, ad entrare negli alloggi di Mere Marie all'ultimo piano. "Non è lì dentro."

"Dov'è Mere Marie?" chiese Gabriel, spingendo la pesante porta di quercia e affondando nel pavimento. "Come ha potuto lasciare la Villa senza protezione?"

"Non poteva immaginare che Pere Mal potesse trovare il modo di entrare," disse Aeric. Gabriel sapeva che quello che diceva il Vichingo aveva senso, ma adesso la logica non gli serviva a niente.

"Che cosa faccio?" chiese Gabriel passandosi le mani tra i capelli. "Devo trovarla, Aeric. È sotto la mia responsabilità. L'ho delusa."

Aeric sospirò.

"Io comincerei coll'usare una sfera di cristallo per cercarla. Che te ne pare?" suggerì il Guardiano dai capelli biondi. "Meglio farlo subito. Nella mia biblioteca ho la miglior sfera di cristallo del mondo. Trova qualcosa di suo, qualcosa di personale, e lanceremo qualche incantesimo per rintracciarla."

"Va bene," disse Gabriel, provando a rimettersi in sesto. Aveva bisogno di essere pratico e con la testa sulle spalle, sebbene l'unica cosa a cui riuscisse a pensare adesso era di voler uccidere Pere Mal. A mani nude, nel modo più crudele e viscerale possibile. "Scendo tra un minuto. Fammi trovare qualcosa di Cassie…"

Aeric annuì e sparì. Gabriel entrò nella propria camera da letto. Si fermò, prese una delle camicette preferite di Cassie, ma poi la poggiò da una parte. Non abbastanza personale. Si aggirò per la stanza e vide la sua spazzola, che era la cosa più personale a cui potesse pensare. Allungò una mano per prenderla dal lavandino ma la urtò goffamente facendola cadere, e la spazzola finì volteggiando sul pavimento di marmo.

Gabriel la inseguì ringhiando. Quando si accucciò per prenderla, vide un lungo pezzo di plastica per terra, vicino al cestino, e si fermò. Assomigliava a uno spazzolino da denti, ma senza le setole. Lo prese e lo girò.

"Indicatore dei Livelli Ormonali," lesse ad alta voce, notando un piccolo quadratino a un'estremità. All'interno del quadratino c'era un grosso + di colore blu, ma Gabriel non ci capiva niente. Si accigliò e lo gettò nel cestino della spazzatura. Solo allora vide la scatola. *Test Precoce di Gravidanza*, c'era scritto.

La spazzola, dimenticata, gli cadde dalle mani.

Cassie era... incinta?

12

Abbastanza stranamente, la prima sensazione che Cassie provò fu di torpore. Veleggiava in una nebbia fitta, la mente si stava lentamente srotolando per uscire dal perfetto stato di oblio dell'inconscio.

Poi venne il dolore.

Cassie ispirò e riprese conoscenza. Era legata da capo a piedi, le braccia incrociate sul petto come un faraone in attesa di essere sepolto. Delle corde sottili le avvolgevano i polsi, i fianchi e le caviglie, tagliandole la pelle sensibile e impedendo al sangue di affluire alle dita delle mani e dei piedi, il che spiegava il torpore e il dolore.

Era ritta in piedi, la schiena poggiata contro la dura e fredda pietra. Aveva i piedi scalzi, e non indossava niente sopra la sottile vestaglia di seta che si era messa nella Villa... e una benda. Quella era una cosa inaspettata. Chi le aveva messo una benda?

Le ci volle un momento, ma poi capì. Si ricordò del rapimento, o almeno in parte. Si ricordò di aver accettato del tè verde da Daisy, la nuova domestica della Villa. Si ricordò di aver fatto una smorfia, quando il te le aveva addormentato la bocca e la gola. Si ricordò di aver visto un uomo vestito con un completo nero, e il suo cervello che rallentava, mentre il suo corpo strisciava per scappare, mentre cercava di capire perché un uomo la stesse sollevando e portando via...

Il solo pensiero delle erbe amare che le erano state infilate nel tè bastò a farle rigirare lo stomaco. Le vennero i conati di vomito, ma non poteva nemmeno piegarsi in due. Una volta che la nausea scomparve, la prima cosa a cui penso fu il bambino. E se le erbe gli avessero fatto del male?

I suoi rapitori facevano meglio a sperare di no, o li avrebbe aspettati un mondo pieno di dolore. Anzi, la morte. Cassie non aveva mai ucciso un umano o una creatura Kith prima d'ora, solo demoni, ma si potevano fare delle eccezioni. Riuscì addirittura ad immaginare che sapore avesse il loro sangue sulla sua lingua, e il suo stomacò borbottò. Si sentì disgustata e le vennero di nuovo degli inutili conati di vomito.

Cassie aspettò che passassero e poi si concentrò su quello che aveva intorno. Mosse i piedi e si accorse di trovarsi su un prato. Si contorse sotto i legacci, provando a liberarsi, e tutto quello che si guadagnò fu una risatina.

Le venne la pelle d'oca. Conosceva quella voce, la conosceva fin troppo bene.

"Pere Mal," mormorò Cassie.

Qualcuno le rimosse la benda dagli occhi. Cassie sbatté le palpebre sotto la luce chiara della luna. Tutt'intorno a lei c'erano alte cripte e delle statue a guardia delle tombe. Cassie tremò, un fremito di puro terrore le invase le vene.

"Mi stavo proprio chiedendo: «Quand'è che si sveglia, il nostro Oracolo?»." Pere Mal la guardò con un sorriso agghiacciante, e Cassie lo guardò confusa.

"Dove mi trovo?" chiese Cassie. "Gesù, è un dannato cimitero? Perché ci troviamo in un cimitero di notte? Oh Dio, mi hai legata alla tomba di qualcuno?"

Mise di nuovo alla prova le corde che la legavano, sebbene sapesse di non avere nessuna possibilità di fuga. Era certo che fosse legata a un'enorme croce di pietra.

"Cassandra, Cassandra. Mi deludi," disse Pere Mal. "Non riconosci i Cancelli di Guinee quando li vedi? Ci troviamo nel cimitero di San Luigi, al Terzo Cancello. Dovresti saperlo, ne abbiamo parlato così tante volte." Si zittì per un lunghissimo momento mentre Cassie prova a mettere assieme quello che diceva. Poi continuò: "Eri una delle mie risorse preferite, lo sai? Ti ho trattata meglio di tante altre."

Cassie arricciò il labbro superiore, disgustata.

"Io sono una persona, stronzo malato, non sono di tua proprietà. Non puoi tenere prigioniero qualcuno. È sbagliato."

Pere Mal alzò le sopracciglia, mostrando quella che era un'onesta sorpresa.

"Mia cara, avevamo un accordo. Volevi lasciare quel bordello per vampiri. Volevo le tue visioni. Abbiamo stretto un patto!"

"Ero una bambina quando accettai, e rischiavo la morte. Per quanti anni ti aspettavi che ti servissi senza dire una parola?" chiese Cassie, la furia le ribolliva nelle vene.

"Mi aspettavo che tu rispettassi la tua parte dell'accordo. Hai firmato un contratto, Cassandra. Se si potessero ignorare i contratti tanto facilmente, il mondo sarebbe un posto orribile." Prima che Cassie potesse rispondere, Pere Mal continuò: "Non importa. Mi hai dimostrato che il mondo è un posto inutile. Di conseguenza, mi tiro indietro dal nostro accordo, così come tu hai fatto tu."

"Tu cosa?" chiese Cassie.

"Ti riporto al bordello," disse Pere Mal. Si avvicinò e le passò un dito sul braccio nudo, sulle sue cicatrici. "Di solito, mi sarei preso quello che volevo e ti avrei lasciato alla tua patetica vita, ma ti sei comportata in modo poco onorevole.

Sei diventata più bella dall'ultima volta che hanno bevuto il tuo sangue, Cassandra. Penso che i Vampiri ti riaccoglieranno a braccia aperte. Tu no?"

Cassie cominciò di nuovo a contorcersi. Il suo stomaco non era mai stato così irritabile prima d'ora, e ora la stava tradendo proprio di fronte al suo peggior nemico.

"Nausee mattutine?" chiese Pere Mal dandole dei colpetti sul braccio.

Cassie si bloccò, sollevò lentamente gli occhi per guardarlo.

"Che cosa hai detto?" chiese.

"È buffo che le chiamino nausee mattutine, non è vero? So che possono venire a qualunque ora del giorno o della notte. Poco prima di mezzanotte, ad esempio," disse Pere Mal indicando la luna piena.

"Io – io non so a cosa tu ti riferisca," disse Cassie.

"Bugiarda. Una pessima bugiarda." Pere Mal controllò di nuovo l'elegante orologio di platino che aveva al polso e sbuffò. "Il tempo è quasi scaduto. Speravo che il tuo Guardiano apparisse in tempo per godersi lo spettacolo, ma il ragazzo è troppo lento. Che peccato."

Pere Mal si portò due dita sulle labbra e cacciò un fischio assordante, facendo uscire dall'ombra numerose figure vestite di nero.

"Che stai facendo?" chiese Cassie, spingendo i polsi contro la croce di pietra e provando a strofinarci sopra le corde, sperando di riuscire a romperle per poter scappare. Ovviamente era del tutto inutile: non avrebbe mai fatto in tempo.

"Non posso consegnare l'Oracolo ai Vampiri," disse Pere Mal schioccando la lingua. "Devo rimuoverla dal tuo corpo e farla entrare in un... messaggero più *ben disposto.*"

Applaudì e apparve un altro paio di uomini vestiti di nero che trasportavano una donna svenuta. Era magra e pallida, i suoi capelli corvini ricadevano sul leggero vestito bianco che aveva indosso.

"Alice!" strillò Cassie, gli occhi pieni di lacrime. La sua amica giaceva inerme, come morta.

Pere Mal sgranò gli occhi per un momento, poi scoprì i denti rivolto verso Cassie.

"Ma è ovvio che voi due vi conosciate," sibilò Pere Mal. "Siete tutte e due delle guastafeste. Beh, non lo sarete più. Dopo stanotte, eliminerò due problemi in un colpo solo. Per sempre."

Cassie provò a restare calma, ricordando a sé stessa che l'Oracolo sarebbe sorta per proteggerla, nel caso in cui avesse percepito che la sua vita era in pericolo. Si costrinse a restare ferma e zitta mentre Pere Mal deponeva Alice sul terreno e i suoi scagnozzi la ripulivano e la cospargevano con un unguento. Il suo corpo non era mai sembrato tanto fragile.

"Che cosa le stai facendo?" gridò Cassie dopo qualche minuto, incapace di contenersi.

"A lei?" chiese Pere Mal. "Niente che non si meriti. Fisicamente, non le faremo alcun male. A te, d'altro canto..."

Pere Mal brandì un lungo pugnale dall'aspetto strano.

"Da te mi prenderò tutto, Cassandra. Quando avrò finito e ti getterò in pasto ai Vampiri, vorrai essere morta," la informò Pere Mal.

Si avvicinò e le passò la punta del pugnale sulla mascella e la gola, ma senza tagliarla. Cassie chiuse gli occhi e provò a chiamare l'Oracolo, ma Pere Mal le fece perdere la concentrazione.

"Cassandra, questa volta l'Oracolo non può proteggerti. Non sei più tu quella che gode della sua protezione."

Cassie lo guardò senza capire.

"Che vuoi dire?" chiese.

"Il tuo bambino, Cassandra. In tutta onestà, pensavo che

fossi abbastanza sveglia da sapere che l'Oracolo sarebbe stato tramandato a tua figlia."

Figlia.

Quella parola colpì Cassandra come un pugno nello stomaco facendola scoppiare in lacrime. A che diavolo si riferiva? E, peggio ancora, che cosa avrebbe fatto alla sua bambina?

"Piangere non ti sarà d'aiuto," disse Pere Mal controllando di nuovo l'orologio. "La cerimonia comincerà in meno di un quarto d'ora. I Cancelli si spalancheranno, gli spiriti verranno in mio aiuto, e allora otterrò quello che voglio."

"E che cos'è che vuoi?" chiese Cassie in lacrime.

"Tu hai dato nuova vita all'Oracolo," disse Pere Mal inclinando la testa per guardare il corpo di Cassie. "E, nel farlo, le hai dato un'anima, uno spirito. Ora io non devo fare altro che separare questo spirito dalla carne," disse Cassie puntando il pugnale allo stomaco di Cassie.

"No," disse Cassie. Di colpo capì e cominciò a stare male. "No! Non puoi!"

"Sì. E poi gli spiriti dei miei antenati guideranno l'Oracolo verso il suo nuovo ospite," disse indicando il corpo immobile di Alice.

"Ucciderai mia figlia?" chiese Cassie. Poi cominciò a implorarlo: "Vuoi così tanto l'Oracolo? Prendi me, invece. Prendi me, mia figlia sarà la tua assicurazione. Non scapperò mai più."

Pere Mal ridacchiò sommessamente e il cuore di Cassie si accartocciò.

"Abbiamo già concordato che le tue promesse non valgono niente, Cassandra. Sono vuote come quelle della mia bellissima Alice," disse voltandosi verso Alice.

Qualcosa nel modo in cui pronunciò il suo nome scatenò un pensiero riposto in fondo alla mente di Cassie, ma adesso era impossibile capire cosa fosse.

"Pere Mal, ti prego," disse piangendo. "Farò di tutto! Qualunque cosa!"

Pere Mal sospirò.

"L'unica cosa che puoi fare è aspettare," disse girandosi e avvicinandosi ai suoi uomini in giacca e cravatta per dire loro qualcosa a bassa voce.

Cassie deglutì cercando di non piangere, ma le lacrime le colavano lungo le guance finendole sul collo. Chissà dov'erano Gabriel e gli altri Guardiani. Nessuno sarebbe venuto ad aiutarla.

Era stata con il suo compagno per soli tre mesi, e ancor di meno con la sua bambina. Come poteva perderli entrambi, proprio ora che li aveva appena trovati?

Chiuse gli occhi e fece l'unica cosa che le venisse in mente: pregare.

13

"Diamine," disse Aeric, guardando dentro la sfera di cristallo.

"Due risultati," mormorò Gabriel, scuotendo il capo. "Pere Mal deve aver lanciato un incantesimo di occultamento per nascondere la posizione di Cassie."

"Come decidiamo dove dobbiamo andare prima?" chiese Rhys camminando a pochi metri di distanza da loro. Quando Rhys e Asher si erano fatti vedere, Gabriel aveva pensato di portare la sfera di cristallo sul tavolo conferenze al piano di sotto, così da dare a tutti un po' di spazio per respirare e muoversi. Gli alloggi di Aeric non erano abbastanza spaziosi per quei quattro ragazzoni.

"Testa o croce," suggerì Asher. Gabriel si girò e guardò il robusto ex soldato, accigliando nel vedere con quanta nonchalance Asher si era stravaccato su uno dei divani della Villa. Sembrava estremamente rilassato, come se il rapimento della compagna di Gabriel non significasse niente. Gabriel aveva detto solo a Rhys del test di gravidanza, ma di certo Asher non sarebbe morto se avesse mostrato un po' di preoccupazione per la gravità della situazione.

Diamine, persino Aeric riusciva a sembrare un po' in ansia, ed Aeric non mostrava mai le proprie emozioni.

"Non parlare più fino a quando non te lo dico io," disse Rhys intervenendo prima che Gabriel potesse gridare in faccia all'ultima aggiunta dello staff della Villa. "E, Gabriel, tu ed io andremo in un posto, Aeric e Asher nell'altro. Scegli tu. In questo modo riusciremo a trovare Cassie. Te lo prometto."

Gabriel si scrocchiò il collo con dei sonori *pop*. Si rigirò verso la sfera di cristallo e la mappa allargata sotto di essa. Stese una mano sulla mappa, chiuse gli occhi, fece un respiro profondo. Spalancò le dita e tenne la mente sgombra, cominciò a far roteare le mani provando a captare qualche impressione.

Si figurò Cassie, mise da parte il panico che gli faceva andare il cuore a mille. Temeva per la vita del loro bambino. Rhys aveva insegnato a Gabriel a stabilire delle priorità, e così fece. Pensò a Cassie distesa sul suo letto, abbracciata a lui. Richiamò alla mente il ricordo del suo profumo vanigliato. La morbidezza della sua pelle, la sua criniera ramata soffice come la seta. La tenerezza dei suoi bellissimi occhi grigi che lo guardavano, l'amore che vi scorgeva...

Gabriel sbatté il pugno sul tavolo. Guardò in basso e vide che le sue nocche erano posizionate perfettamente in cima a una delle due opzioni, un gruppo di cimiteri vicino al quartiere Treme che vedevano un grosso afflusso di turisti e di attività dei Kith.

"Quindi noi andiamo qui," disse Gabriel guardando Rhys. "Aeric, voi due andate al cimitero di Metairie. Noi andremo ai cimiteri di San Luigi."

"Numero uno o numero due?" chiese Asher. Sembrava aver voglia di sbadigliare, e questo per poco non mandò Gabriel fuori dai gangheri. Gli lanciò uno sguardo di scherno.

"Se fosse così preciso, l'avremmo già trovata, e senza il

tuo aiuto," sbottò Gabriel. "Se dovessi mai diventare un Guardiano, spero proprio di potermi godere lo spettacolo mentre soffri le stesse pene per la tua compagna."

Asher si accigliò e scosse il capo. Si alzò e seguì Aeric verso la palestra per cominciare a prepararsi per la missione.

La squadra fu pronta in tempo record, ma per Gabriel ogni minuto si trascinava con una lentezza incredibile. Lui e Rhys entrarono finalmente in macchina e guidarono a tutta velocità nella direzione opposta di Asher e Aeric, e Gabriel colse l'occasione per ricontrollare le pistole, la spada e la bacchetta. Poi chiuse gli occhi e tornò a concentrarsi su Cassie.

Quando Rhys e Gabriel si trovavano a una dozzina di isolati dai cimiteri, Gabriel cominciò a riceve fugaci lampi di emozioni da Cassie. Panico e paura da far torcere le budella si inframmezzavano con una sorta di riconoscimento, come se Cassie fosse vicino ad accettare il proprio fato. Gabriel spalancò gli occhi e diede un pugno sul cruscotto facendo spaventare Rhys.

"Pensa che non la salverò," ringhiò Gabriel. "Cazzo, come fa a pensare a una cosa del genere?"

"Non sono un esperto di donne," disse Rhys guardandolo con un ghigno mentre il SUV sfrecciava sotto a un semaforo rosso. "In ogni caso, Cassie vedrà il tuo brutto muso tra un paio di minuti. Concentrati su di lei, prova a capire dove si trova esattamente."

Gabriel chiuse gli occhi. Si immisero nella strada in mezzo alle tombe e subito Gabriel alzò la mano per indicare a Rhys dove andare.

"Numero uno, allora," disse Rhys. "Ho una brutta sensazione. Il terzo Cancello di Guinee dovrebbe essere qui."

Gabriel non disse nient'altro, aprì gli occhi e guardò Rhys che accostava vicino all'elaborato cancello di ferro del cimitero. Non appena scesero dalla macchina, Gabriel udì un forte *pop* che sembrava fin troppo vicino, seguito poi da una pioggia di scintille. Magia?

"Dei ragazzini con i petardi," disse Rhys ghignando e indicando un gruppo di adolescenti che scappavano via per sparire dietro a un angolo. I *pop*, i *crack* e le scintille splendenti retrocedettero, ma senza scomparire del tutto, e quindi i ragazzi non dovevano essere lontani. Gabriel sperava che, per il loro bene, se ne stessero lontani dal cimitero. Pere Mal non ci avrebbe pensato due volte a far fuori un passante umano, specie se si trattava di un fastidioso ragazzino assordante.

"Andiamo," disse Gabriel cominciando a correre. Se erano fortunati, il suono dei petardi avrebbe coperto il rumore dei loro passi, permettendogli di avvicinarsi senza farsi vedere alla tana scelta da Pere Mal.

Entrando nel cimitero, si ritrovarono in un labirinto infinito di cripte in sfacelo, statue di angeli piangenti e croci di pietra di ogni peso e misura. Il cimitero era vecchio ma ben tenuto, con fiori e regali che giacevano qui e là in segno di rispetto per i morti. Gabriel pattugliava regolarmente questo cimitero, poiché si diceva fosse la casa di una delle personalità più famose di New Orleans, la sacerdotessa voodoo Marie Laveau.

Gabriel guidò Rhys verso la parte vecchia del cimitero. Il pensiero della tomba di Marie Laveau gli ricordò i commenti fatti da Rhys a proposito dei Cancelli di Guinee. La tomba di Laveau doveva essere uno dei Cancelli, e Pere Mal, che otteneva le proprie informazioni da spie e vecchie pergamene, ne era chiaramente attratto.

Non gli ci volle molto per trovare Pere Mal. Diversi scagnozzi, vestiti con il loro solito completo, erano sparpagliati in cerchio, appostati in mezzo alle tombe per fare la guardia. Pere Mal si trovava a pochi metri dalla tomba di Marie Laveau, proprio come sospettava Gabriel. Attorno a lui c'erano più di venti uomini incappucciati, vestiti come dei cerimonieri. Questi uomini erano più piccoli e meno robusti delle guardie di Pere Mal, e Gabriel avrebbe scommesso che fossero degli apprendisti voodoo. Potevano benissimo essere più pericolosi delle guardie armate, soprattutto in un luogo in cui era racchiuso un tale potere.

La tomba era piccola, i mattoni decadenti erano sull'orlo del collasso. L'intera struttura era ricoperta da centinaia di piccole X disegnate col gessetto da speranzosi visitatori alla ricerca di un favore dalla famosa Regina del Voodoo. Il terreno attorno alla tomba era ricoperto da perle, ciondoli e fiori che arrivavano all'altezza delle ginocchia, oltre a un mucchio enorme di *gris-gris*.

Pere Mal indossava il suo solito smoking e stringeva in mano un pugnale spaventoso. Gabriel dovette sforzarsi per individuare Cassie in mezzo alla mischia. Era rivolta dall'altra parte, in piedi su una cripta di pietra rialzata, legata da capo a piedi contro un'enorme croce di pietra. Gabriel non riusciva a vederla in volto, ma la sua testa penzolava da un lato. Quando Gabriel provò a percepire le sue emozioni, non trovò nulla. Cominciò a vederci nero quando capì che Cassie era svenuta e che molto probabilmente la colpa era di Pere Mal. La sua piccola compagna indomita non era una che sveniva facilmente.

Dopo aver individuato Cassie, Gabriel scorse ancora un'altra figura all'interno del quadro. Una fragile brunetta con indosso una vestaglia bianca giaceva in terra, pallida e immobile come un cadavere. Dopo un istante, vide che il suo petto si alzava e si abbassava: era ancora viva. Eppure sembrava che fosse in coma o, peggio, che fosse posseduta, stregata... chi poteva saperlo?

Gabriel tirò fuori la bacchetta e la spada, pronto a combattere per raggiungere Cassie. Ma Rhys lo sorprese poggiandogli una mano sulla spalla, e Gabriel guardò il suo amico, il suo commilitone, con uno sguardo assetato di sangue. Rhys lo guardò severamente e sollevò un dito per esortarlo ad avere pazienza.

Rhys tirò fuori il cellulare e cominciò a scrivere dei messaggi. Dopo qualche istante, si avvicinò a Gabriel e gli sussurrò: "Sono troppi, amico mio. Pare Mal ucciderà la tua ragazza prima che riusciamo ad avvicinarci."

"Non possiamo aspettare Aeric," disse Gabriel. "Pere Mal farà presto la sua mossa, lo sento."

"Prima lascia che mi occupi di alcuni uomini," disse Rhys. "Almeno avremo una possibilità."

"Ho bisogno di te qui, al mio fianco," disse Gabriel, guardando Rhys da vicino.

"Va bene. Voglio pagare quei ragazzini per fargli fare un po' di casino, per creare un diversivo," disse Rhys. "È la nostra opzione migliore, al momento."

"Assicurati che lo facciano il più lontano possibile e che poi scappino. Se le cose vanno storte, non voglio che Pere Mal li catturi."

"Ma certo. Fa' del tuo meglio, e io tornerò in un battibaleno."

Gabriel annuì lentamente e poi fece cenno a Rhys di andare. Aspettò per dei lunghissimi minuti, poi Rhys gli riapparve dietro con passi silenziosi facendolo spaventare. Rhys indicò il cancello principale, poi disse a Gabriel di essere paziente. Grazie al cielo, solo qualche istante dopo i petardi cominciarono a scoppiettare tutt'attorno.

Pere Mal si allontanò da Cassie. Scoppi, scintille e botti risuonarono tutt'attorno al cimitero. Le figure incappucciate andarono ad investigare e Rhys le seguì con un sorriso determinato sul volto. Gabriel era concentrato su Cassie e Pere Mal. Notò che adesso a spalleggiare Pere Mal erano rimasti soltanto due preti.

Impugnando la spada e la bacchetta, Gabriel li caricò.

Pere Mal vide Gabriel e subito balzò verso Cassie e le puntò il pugnale alla gola. Gabriel colpì velocemente i due uomini incappucciati con degli incantesimi che li fecero crollare a terra come morti. Un leggero fremito attraversò Gabriel, una sorta di conoscenza carnale. Da quando Catherine era morta, Gabriel non aveva più lanciato un incantesimo contro qualcuno, ma ora si stava scatenando senza batter ciglio.

Avrebbe fatto di tutto per salvare Cassie.

Si piazzò davanti a Pere Mal, la bacchetta in una mano e la spada nell'altra. Pere Mal era in piedi a pochi centimetri da Cassie. La testa di Cassie penzolava da un lato, il viso celato dietro i suoi folti capelli rossi. Pere Mal riusciva a sembrare rilassato mentre puntava venti centimetri di lama contro il collo di Cassie, il minimo gesto e le avrebbe tagliato la gola.

"Lasciala andare, e non ti inseguirò," disse Gabriel. "È la mia ultima offerta."

Pere Mal gettò la testa all'indietro e si mise a ridere, i suoi denti brillarono bianchi sotto la luce della luna.

"Sei uno sciocco, Guardiano. E sei pure in ritardo," disse Pere Mal alzando il braccio per far vedere a Gabriel il proprio orologio. "Giusto qualche altro secondo. Riesci a sentirlo, Guardiano?"

Gabriel percepiva qualcosa. Al di là della sua rabbia silenziosa e della paura agghiacciante che gli riempiva il petto, c'era come un presentimento...

In lontananza, cominciarono a sentirsi i rintocchi delle campane di una chiesa. Dodici lenti colpi e, rintocco dopo rintocco, Gabriel sentiva l'energia attorno a lui che si formava e cresceva. L'oscurità sembrò addensarsi e raccogliersi facendogli rizzare tutti i peli del corpo. Un odore metallico riempì l'aria, qualcosa di vecchio e acido e lercio. Gabriel non aveva nessuna esperienza con questo tipo di magie, ma era certo che le parole di Rhys si stessero avverando.

Pere Mal stava per aprire i Cancelli di Guinee. Sarebbe entrato nel reame degli spiriti.

"Non farlo..." disse Gabriel, ma era troppo tardi.

Al suono dell'ultimo rintocco, una nebbia scura scivolò fuori dall'oscurità, si sollevò e cominciò a prender forma. La nebbia plasmò delle deformi creature ossute fatte di ombra, prive di sostanza ma spaventose. Ce n'erano una dozzina tra Gabriel e Cassie, e ancora di più tutt'intorno. Gabriel ne trafisse una con la spada. Il metallo penetrò lo spirito senza dargli il minimo fastidio.

Sebbene Gabriel sperasse di trovarsi di fronte qualcosa con cui potesse combattere, sospettava che le creature non potessero far del male a Cassie più di quanto lui non potesse squarciare loro. Era meglio di niente.

"I miei antenati," disse Pere Mal, orgoglioso. Le creature si voltarono verso di lui avvicinandosi strisciando. Un paio di loro toccarono Cassie con delle lunghe dita maligne, indagando il suo corpo inconscio con evidente curiosità.

"Basta!" disse Gabriel facendo un passo in avanti.

"Ah-a," lo avvertì Pere Mal premendo il pugnale contro la carne di Cassie. Spillò una goccia di sangue. "Fermo là, stregone. Puoi restare a guardare, se ti va. Non vorremmo mica che tu ti perda lo spettacolo dello spirito di tua figlia, eh, papà?"

La bile inondò la gola di Gabriel mentre analizzava le parole di Pere Mal. Prima che riuscisse a capire, prima che potesse dire una sola parola, Pere Mal diede dei colpetti sull'addome di Cassie e chiuse gli occhi. Quel gesto confermò i più grandi timori di Gabriel.

Papà.

Gabriel deglutì, provando a pensare a come avrebbe potuto colpire Pere Mal, a come avrebbe potuto lanciargli un incantesimo. Dove farlo allontanare da Cassie. Solo così avrebbe potuto affrontarlo senza dover temere per Cassie.

Pere Mal lo ignorò e cominciò a cantare una sequela di parole in una lingua straniera. Dopo un istante, la luce fuoriuscì dalle sue dita allargate. Pere Mal aprì gli occhi e sorrise.

"Eccola qua, papà," disse Pere Mal, ritraendo lentamente la mano dallo stomaco di Cassie.

Una piccola sfera di luce abbagliante fluttuò in aria, e non appena Gabriel la vide la sua anima si contrasse. Era come la prima volta che aveva visto Cassie: sapeva, senza ombra di dubbio, che questa cosa, questo piccolo sfarfallio luminoso, gli apparteneva.

Sua figlia.

"Sta' buono e fermo, Guardiano," lo avvertì Pere Mal. "Non mi importerebbe di incidere il corpo della tua compagna, dato il modo in cui mi ha tradito. Si merita di peggio."

Gabriel ringhiò mostrando i denti, ma la sua attenzione era tutta assorbita dalla luce che fluttuava.

"O potenti antenati," disse Pere Mal alzando la voce. "Vi prego, guidate l'Oracolo verso la sua nuova dimora."

Pere Mal indicò la ragazza dai capelli scuri che giaceva in terra.

"No," sussurrò Gabriel, facendo avanti e indietro con lo sguardo tra Cassie e la luce sfavillante.

Con sua grande sorpresa, la luce si fermò per un istante, poi virò verso di lui. In qualche modo... lo aveva riconosciuto?"

"Sì, vieni a me," disse Gabriel agitando la bacchetta.

"Silenzio!" tuonò Pere Mal.

Passò il pugnale sulla spalla di Cassie facendole emettere un suono basso. Un lento rivolo di sangue spillò dalla sua carne, lungo il suo corpo, inzuppandole la camicia bianca.

L'accesso di Pere Mal sembrò spaventare la piccola sfera fluttuante che si mosse di nuovo verso Gabriel. Di mezzo metro, questa volta. Si avvicinava lentamente, centimetro dopo centimetro.

Gabriel capì che una volta che la luce lo avesse raggiunto non aveva idea di cosa avrebbe dovuto farci. Era impossibile tenerla al sicuro all'aperto, non senza il ventre di Cassie che la proteggeva e la nutriva. Guardò Pere Mal che fissava con estrema attenzione la luce, borbottando imprecazioni rivolte agli spiriti lì radunati. Gabriel sapeva che doveva provare a fare qualcosa. Qualunque cosa.

Gli spiriti d'ombra cominciarono ad accerchiare la piccola luce e Gabriel non poté aspettare oltre. Raccolse tutto il proprio potere e concentrò tutta la propria volontà su un incantesimo atto a scaraventare Pere Mal via da Cassie. Si trattenne il più a lungo possibile, gli occhi incollati sulla sfera di luce, e poi lanciò l'incantesimo emettendo un accecante lampo di luce che baluginò e sfrigolò colpendo Pere Mal dritto in mezzo al petto.

In mezzo alla spianata apparve Rhys con in mano qualcosa. Gabriel si lanciò verso Cassie e Pere Mal volò all'indietro agitando le braccia. Rhys si mosse verso la tomba di Marie Laveau e cominciò a incidervi sopra delle croci.

Un gridò risuonò nell'aria e le forme di nebbia indietreggiarono, apparentemente respinte dalla magia esercitata da Rhys. Gabriel si fermò vicino alla piccola sfera di luce.

"Devi andare a casa," le disse afferrandola gentilmente tra le mani. Attento che non gli toccasse la pelle, la diresse di nuovo verso Cassie.

Non appena la luce raggiunse Cassie, schizzò in alto, verso il suo cuore. Ma sembrava esitante, incerta.

"Vai," la esortò Gabriel. "Andrà tutto bene, te lo prometto."

La luce affondò nella pelle di Cassie e Cassie la assorbì con un sussulto. Drizzò la testa, sciocata.

"Gabe?" disse con voce rauca lottando contro le corde che la bloccavano.

"Sono qui, mia cara. Resisti per me," le disse Gabriel rinfoderano la bacchetta e tagliando le corde con la punta della spada.

Cassie cadde, libera, le braccia e le gambe paralizzate, e Gabriel gettò via la spada per afferrarla tra le braccia. Si girò e vide che Rhys stava brandendo la spada verso Pere Mal, che sembrava inferocito come non mai.

"Voi Guardiani non sapete nulla!" gridò Pere Mal. "Non potete fermarmi."

"Davvero?" tuonò la voce di Aeric, più alta di quanto Gabriel non l'avesse mai sentita.

Aeric e Asher apparvero attorno a Rhys, accerchiando completamente Pere Mal.

"Sì, è così," disse Pere Mal. Il suo ghigno caratteristico ritornò. "Potrete anche avere il futuro Oracolo, ma io ho ancora la Terza Luce."

Con un dito ossuto indicò la brunetta stesa a terra, a diversi metri da lui e fuori dalla portata dei Guardiani. Gabriel notò che Aeric vide la donna e si fece teso. Mostrò i denti, la sua faccia si contorse lottando per il controllo.

"Compagna," sibilò Aeric a denti stretti.

"Non preoccuparti, orsacchiotto. Ti sto facendo un favore, in un certo senso," disse Pere Mal, il suo tono quasi amichevole. "È qualcosa al di là della tua portata, credimi."

Aeric balzò verso Pere Mal, la spada cadde tintinnando per terra. Pere Mal fece un balzo indietro e si accucciò per toccare la ragazza e, in un batter d'occhio, entrambi sparirono. Le braccia di Aeric avvinghiarono l'aria vuota, e un ringhiò sbottò fuori dal suo petto.

"Aeric..." fece per dire Rhys, ma subito perse le parole.

Aeric si rimise in piedi e drizzò le spalle. Gettò la testa all'indietro e si lasciò andare in un assordante ruggito che continuò a crescere fino a far tremare di paura Cassie tra le braccia di Gabriel. Era un suono incredibile, nessuno orso era in grado di emetterlo...

Senza preavviso, il corpo di Aeric si illuminò e si ingrossò, e poi un lampo accecante di luce lo consumò. Gabriel sbatté le palpebre con una smorfia, inciampando e tirando Cassie a sé. Sentì un vento sovrannaturale sul suo corpo, la sua vista si schiarì. Spalancò la bocca.

Aeric non c'era più. Al suo posto, sbattendo e spiegando delle ali lunghe sei metri ricoperte d'oro, c'era...

Un cazzo di drago. Si sollevò nel cielo notturno con grazia e nel giro di un secondo sparì.

Ed Aeric non c'era più.

14

Per tutto il tragitto verso casa, Cassie restò avvinghiata Gabriel. Non si erano detti più di una dozzina di parole. Gabriel era chiaramente troppo ferito per parlare a lungo. L'aveva presa tra le braccia e l'aveva stretta così forte da non farla respirare, e da quando erano usciti dal cimitero non l'aveva lasciata andare nemmeno per un istante. Dal canto suo, Cassie era esausta e contenta di lasciare che il suo compagno la proteggesse e la bramasse.

Dopo quella nottata di terrore, stare tra le sue braccia era la cosa più bella del mondo. Le sue mani tremavano ancora ripensando a tutto quello che aveva quasi perduto, e il tocco di Gabriel era l'unica cosa che riuscisse a placare le sue paure irrequiete.

Quando entrarono nella Villa, Gabriel la portò immediatamente nel salone e la depose con gentilezza su uno dei divani. Si inginocchiò di fronte a lei e le carezzò la guancia, sollevandole il viso per darle un bacio appassionato.

"Non vorrei fare altro che portarti di sopra e metterti nel mio letto. Nel nostro letto," si corresse, un accenno di umorismo fece spuntare la fossetta sulla sua guancia. "Prima dobbiamo sistemare le cose qui, amore mio. Puoi aspettare un paio di minuti?"

"Resti con me?" chiese Cassie mordendosi il labbro. Odiava la sua debolezza, ma odiava ancor di più l'idea di non avere Gabriel vicino a sé.

"Certo. Non vado da nessuna parte," le assicurò Gabriel dandole un altro lungo bacio. "Devi partecipare a questa discussione come chiunque altro. Adesso fai parte della famiglia dei Guardiani, e sei invischiata in questa pazzia come chiunque altro."

Cassie annuì. Stanotte, Pere Mal l'aveva quasi ferita in modo irreparabile, aveva minacciato di farle qualcosa di ben peggiore. Si accarezzò la pelle nuda del braccio e si accorse di non indossare i guanti. Le sue cicatrici erano in bella mostra per gli occhi di tutti, eppure...

Gabriel notò il suo momentaneo disagio e le strinse la mano.

"Vuoi che ti vada a prendere i guanti?" le chiese.

Cassie gli sorrise grata, ma poi scosse il capo.

"No. Hai ragione. I Guardiani sono la mia famiglia, e non voglio nascondermi. Non penso di doverlo fare, non più."

Gabriel la abbracciò forte e le diede un bacio sulla fronte. Prima che potessero continuare la loro conversazione, il resto dei Guardiani arrivarono discutendo già ad alta voce. Rhys ed Echo erano in testa al gruppo, Asher li seguiva con un'espressione di ghiaccio. Mere Marie e Duverjay in coda. Mere Marie sussurrò qualcosa al maggiordomo. Cairn era dietro a tutti, il suo pelo snello brillava mentre saltava sul grosso tavolo di quercia al centro della sala, atteggiandosi come se fosse un nobile.

Gabriel aiutò Cassie ad alzarsi, nonostante lei adesso si sentisse meglio. Si unirono al resto del gruppo.

Echo balzò in piedi e abbracciò Cassie.

"Sono così felice che tu stia bene," disse Echo, gli occhi

bagnati di lacrime. "Mi spiace di non averti aiutata. Di non aver impedito a Pere Mal di rapirti."

"Sto bene, davvero," disse Cassie. "Anche io avrei voluto fare di più. Ci hanno preso alla sprovvista."

"Dobbiamo *sconfiggere* Pere Mal," disse Echo rimettendosi a sedere e dando uno schiaffo sul tavolo. "Non può venirsene qui, in casa nostra, a rapire la gente!"

"Non capisco come sia potuto succedere," disse Gabriel voltandosi verso Mere Marie, il tono minaccioso. "Le difese della Villa dovevano essere impenetrabili. Non posso lasciare qui la mia compagna se so che Pere Mal può entrare e uscire come vuole. È una cosa inaccettabile."

Mere Marie inarcò un sopracciglio e inclinò la testa e, per un momento, Cassie temette che la donna avrebbe risposto piccata, scatenando una discussione da cui nessuno sarebbe uscito vincitore. Ma Mere Marie la sorprese.

"Ho sottovaluto il nostro nemico," ammise Mere Marie, contraendo le labbra. "Non accadrà di nuovo."

"Ma come ha fatto ad entrare?" chiese Asher.

Cairn si alzò e balzò nella conversazione con la sua voce roca e vibrante.

"Sembra che abbia costretto una delle nostre domestiche," disse il gatto muovendo i baffi. "Qualche giorno fa è arrivata che puzzava di paura. Avrei dovuto investigare. I membri dello staff hanno passato i miei controlli, ci hanno fornito referenze più che sufficienti. Ma Pere Mal ha comprato i debiti di gioco di questa donna e l'ha costretta ad aiutarlo a entrare in casa. È stata una vista."

Tutti rimasero zitti per qualche secondo.

"Dobbiamo interrogare lo staff," disse Rhys. "Quanti Kith lavorano qui?"

"Sette," disse Duverjay. "Voglio porgervi le mie più sentite scure per aver lasciato che quella donna entrasse nella Villa.

È compito mio controllare lo staff, e se solo lo avessi saputo..."

"È inutile continuare, quel che è fatto è fatto," intervenne Mere Marie. "Stiamo già disponendo delle misure di sicurezza maggiori. Ecco perché Asher è qui, a dire il vero. Si occuperà lui di tutto questo."

"Che cosa vuol dire?" chiese Gabriel ad Asher.

"Per cominciare, installerò un sofisticato sistema di sicurezza. Poi vorrei suggerire di pensare a un programma giornaliero, per essere sicuro che rimanga sempre almeno un Guardiano. E manderemo dei bodyguard con Echo e Cassie ogni volta che lasciano la Villa," spiegò Asher. Vedendo lo sguardo scettico di Echo, aggiunse: "Un bodyguard discreto. Vi accorgerete a malapena della sua presenza. Una precauzione, almeno fino a quando non risolviamo il problema di Pere Mal."

Gabriel annuì, soddisfatto. A Cassie non piaceva l'idea di avere una guardia alle costole in ogni istante, ma nemmeno voleva correre altri pericoli. Non dopo stanotte. Non con... sua figlia.

Per un istante Cassie perse il filo del discorso e prese a ponderare sull'insistenza di Pere Mal che avrebbe avuto una femmina. Anche ora, Cassie era troppo sopraffatta da quell'idea, dall'idea di avere un figlio in grembo. Il figlio di Gabriel.

Ma, lo stesso, l'idea di una bambina la eccitava. Quando si concentrò su sé stessa provando a studiare la nuova vita che stava sbocciando dentro di lei, la parola figlia sembrava... la più appropriata.

Un sorriso le inarcò la bocca e disegnò dei cerchietti sul tavolo con le dita. La paura cominciò a svanire lasciando il posto alla stanchezza. Era difficile tenere gli occhi aperti, ma si sforzò di prestare attenzione alla conversazione.

"Stanotte, non possiamo fare altro," stava dicendo Mere Marie. "Io e Cairn abbiamo sistemato gli incantesimi di protezione, e tutto lo staff esterno è stato mandato a casa, per il momento. Non possiamo fare progressi, stanchi come siamo, e non senza Aeric."

Tutti quanti pensarono al terzo Guardiano. La tensione era palpabile.

"Devo sapere..." disse Rhys guardando Mere Marie. "Lo sapevi che non era un orso mutaforma?"

"Certamente," disse Mere Marie sembrando offesa. "Ecco perché l'ho scelto. Oggigiorno ce ne sono così pochi, e Aeric è uno dei draghi più potenti e vecchi ancora in vita."

"Eppure ti è debitore," pensò Echo ad alta voce, guadagnandosi un'occhiataccia da parte di Mere Marie.

"Non capisco perché tu non ce l'abbia detto," intervenne Gabriel. "Dovremmo sapere con chi stiamo lavorando, no?"

Mere Marie sorrise amaramente e fece spallucce.

"Aeric tiene molto alla sua privacy. Il nostro mondo non comprende i draghi. Dà loro la caccia. Se Pere Mal sospetta anche solamente della vera natura di Aeric, potrebbe ritrovarsi in grossi guai, guai ben peggiori di quelli in cui si trova la sua futura compagna. Posso dire che stanotte abbiamo scoperto la Terza Luce?"

"Sì," disse Rhys annuendo. "Svenuta, probabilmente drogata, incatenata in una botola da qualche parte. Davanti ad Aeric si profila una bella sfida. Non sappiamo nemmeno come si chiama, e ancora di meno da dove cominciare a cercarla."

"Alice," disse Cassie. Tutti quanti la guardarono sorpresi, esortandola a spiegarsi. "Ci siamo conosciute nella Gabbia. È tanto misteriosa quanto Aeric, ma... dal poco che so, capisco perché andrebbero d'accordo. Alice ha un potere che non capisco... non saprei come spiegarlo. Mi dà i brividi."

"Un drago e la sua compagna... un flirt volatile," disse Cairn. Cassie era abbastanza sicura che il gatto stesse sogghignando, ammesso che una cosa del genere fosse possibile.

La conversazione cambiò: tutti quanti provarono a indovinare come sarebbero andate le cose tra i due, tra un drago e… qualunque cosa fosse Alice. Cassie mosse la sedia per avvicinarsi a Gabriel e si appoggiò a lui emettendo un sospiro di piacere quando lui l'avvolse col suo grosso braccio. Poggiò la testa sulla sua spalla, gli occhi radiosi…

Poi si ritrovò tra le braccia di Gabriel, mentre la portava su per le scale, dritto verso la loro camera da letto. Gabriel la depose sul letto e la spogliò in silenzio. Il suo tocco era gentilissimo, il suo sguardo possessivo.

Dopo averle rimboccato il piumino, si tolse l'uniforme e si infilò nel letto con lei.

"Vieni qui, cara," disse girandosi su un fianco e accogliendola tra le sue braccia. "Ti voglio vicina a me. Io – non ho mai…"

Cassie sentì il leggero fremito che percorse il corpo di Gabriel, il pozzo di paura e rabbia e shock che scendeva troppo in profondità per poter essere espresso a parole. Si rigirò tra le sue braccia e lo baciò. Toccava a lei ora confortarlo.

"Sono qui," disse. Gli prese la mano e se la portò sullo stomaco, allargando le sue dita sulla propria pelle nuda, rassicurandolo. "Siamo al sicuro."

"Noi," disse Gabriel guardando la sua pancia con uno sguardo meravigliato. "Mi dispiace, cara. Dopo tutto questo casino, non ho nemmeno detto… diamine, non so nemmeno cosa dire."

Cassie esitò, un piccolo cenno di paura le infiammò il cuore.

"Sei felice, sì?" gli chiese.

Gabriel le diede un bacio sulle labbra togliendole il fiato.

"Non ci sono parole per esprimere come mi sento," disse. "Felice non è abbastanza. Euforico? Orgoglioso? Di certo sorpreso."

Le carezzò il corpo.

"Spaventato, un po'^" disse Cassie sorridendo in modo ironico.

"Oh, Dio, sì," disse Gabriel ridacchiando. "In che mondo viviamo. E ora noi portiamo anche una nuova vita, completamente indifesa…"

"Ci sei tu a proteggerla," disse Cassie cercando le sue labbra per dargli un altro bacio.

Gabriel si fece teso.

"La?" chiese indietreggiando per guardare Cassie negli occhi.

"Penso… penso di sì," disse Cassie, un ghigno le attraversò il viso. "Penso che avremo una figlia."

L'espressione di gioia e terrore negli occhi di Gabriel fece scoppiare Cassie in una risata fragorosa. Sapeva come lui si sentisse, perché il suo cuore era ricolmo delle stesse sensazioni.

"Non è nemmeno nata e già ti sta già dando dei pensieri, eh?" disse Cassie.

Gabriel si mise a ridere, e quel suono la scaldò fin dentro le ossa. Premette il viso contro il suo, ispirando il suo meraviglioso profumo di maschio, e sospirò.

"Non riesco a star sveglia," avvertì Gabriel. "Voglio fare un sacco di cose perverse con te, ma sono sicura che me ne perderei la maggior parte."

Gabriel le accarezzò i capelli e rise.

"Penso di poter concedere una notte di riposo alla mia piccola compagna gravida. Ti hanno anche rapita e torturata," disse inasprendosi alla fine.

"Però tu mi hai salvata," gli ricordò Cassie chiudendo gli occhi. "E sono abbastanza sicura che tra qualche ora avrò una voglia pazza delle tue attenzioni. Mi sveglierò… con dei pruriti. Colpa degli ormoni."

Gabriel si mise a ridere e continuò a toccarla in modo

inebriante. Cassie si lasciò soccombere sotto quel gentile conforto. Si era quasi addormentata quando le venne in mente una cosa importantissima. Aprì gli occhi con uno sforzo enorme.

"Gabe?" chiese.

"Sì, cara?" mormorò lui accarezzandole la testa. Sembrava che il feroce guardiano fosse cullato dall'abbraccio della sua compagna.

"*Se è* una ragazza," disse Cassie, "dovremmo chiamarla Caroline, come tua sorella."

Gabriel non disse nulla. La strinse a sé e la baciò. Cassie riuscì a sentire l'amore e la gratitudine che riverberavano attraverso tutto il corpo del suo compagno e che rispecchiavano alla perfezione le emozioni che provava lei. Sorrise premendo le labbra contro le sue e si lasciò andare, sapendo che in nessun luogo sarebbe stata tanto felice, tanto al sicuro, come si sentiva tra le braccia di Gabriel Thorne.

ISCRIVITI ALLA NEWSLETTER

Unisciti alla mailing list per essere informato per primo su nuove uscite, libri gratuiti, premi speciali e altri omaggi dell'autore.

https://kaylagabriel.com/benvenuto/

L'AUTORE

Kayla Gabriel vive immersa nella natura del Minnesota, dove giura di aver visto dei mutaforma nei boschi dietro il suo giardino. Le sue cose preferite sono i mini marshmallow, il caffè e quando gli automobilisti usano la freccia.

Contatta Kayla via e-mail (kaylagabrielauthor@gmail.com) e assicurati di ottenere il suo libro GRAUTITO:
https://kaylagabriel.com/benvenuto/
http://kaylagabriel.com

www.ingramcontent.com/pod-product-compliance
Lightning Source LLC
LaVergne TN
LVHW011836060526
838200LV00053B/4051